「弱いから守りたいんじゃない。
フォリアだから。
君が好きだから、
守りたいんだ」
「わ、わたしも。
わたしもゼール様が好きです」
フォリア×ゼール枢機卿

皇国軍大尉
クロス・ボナールト
皇国軍中尉
ハルル・ディカード
皇国軍中佐
ラゼ・シェス・オーファン
皇国軍伍長
ビクター・オクス・テリア
皇国軍生物学者
ヨル・カートン・フェデリック

「好きだよ。カーナが婚約者でよかったと、
心の底からそう思ってる」
「わたくしもずっと前から、ルベン様を
お慕い申し上げておりました。
……好きでいてもいいんですか……？」
カーナ×ルベン皇子

「婚約破棄イベントがあるなら、
先にやってしまおうプロジェクト」実行中
※皇国軍技術者
セルジオ・
ハーバーマス
※皇国軍少佐
ジュリアス・
ハーレイ

軍人少女、皇立魔法学園に
潜入することになりました。
4
～乙女ゲーム？
そんなの
聞いてません
けど？～
［著］冬瀬
［絵］タムラヨウ
一迅社ノベルス

CONTENTS

1 覚醒

フォリアは長期休みの間、ガーデルセン教会で穏やかな日々を過ごしている。

「フォリアねぇね！」

小さなきょうだいたちは、彼女がいてくれる間、目一杯側(そば)にいようと何処(どこ)に行くにしてもついてくる。親のいない子どもたちであるが、フォリアにとって大切な家族だ。

一生懸命自分について来ようとする子たちが可愛くて、彼女は顔を綻ばせる。

「どうしたの？」

「ミィちゃん、お外で遊びたい！」

「うん。じゃあ、洗濯物を干し終えたらみんなで遊ぼうね」

「うん！」

ぴょんぴょん跳ねる軽やかなステップで他の子どもたちを集めにいった女の子を見送り、フォリアは洗ったばかりの衣服が入った籠を持って外に出る。

とても天気が良く、爽やかな風が髪を靡(なび)かせる。洗濯日和だ。

セントリオールに入学して一年と半年が経過した。学園にいる間はこうしてきょうだいと一緒に過ごすことはできず申し訳ないが、今では楽しい友達ができたので休み明けが待ち遠しくも感じる。

最初は貴族の学校に自分のような親のいない庶民が馴染めるのかと不安しかなかった。

しかし、同じ境遇の女子生徒が一番に手を差し伸べてくれたお陰で、順風満帆な学園生活を送れている。

「ラゼちゃん、お仕事忙しいみたいだけど、大丈夫かな……」

数日前まで、学園祭運営委員会の合宿で一緒だった友人に、彼女はふと思いを馳せた。

教会の孤児院にいたままでは絶対に会うことはなかった、皇子ルベンの手配した翡翠の宮に泊まって学園祭に向けての準備をしていたことが、もう遠く昔のように感じる。

合宿初日の夜には、近くの洞窟から害獣があふれ出す〈スタンピード〉が起こり、次の日には高級ホテルに移ることになったなんて、こうして孤児院にいると現実味がなくなってしまう。

ただ、解散時にラゼが物凄く寂しそうな顔を見せたことははっきりと覚えていて、フォリアは彼女のことが気にかかっていた。

「お勉強もできて、冒険者もやってて、魔法起動もルカくんより凄いなんて……。わたしと同じ歳なのに自立してるなぁ」

学園では、そろそろ進路調査が行われる時期だ。

フォリアは後見人になってくれたゼール・イレ・モルディール枢機卿の厚意で学園に通わせてもらっているが、卒業後の進路についてはまだおぼろげだった。

彼女の周りにいる友人は、ある程度卒業後何をするか決まっている。

この学園に入った有力貴族の令息は大抵騎士団に所属し、令嬢は家に帰って花嫁修業をする。

貴族の男児が騎士団に所属するのは、害獣から民を守る力をつけ、同時に市井の暮らしというものをその目を以て知ることができるからだ。

カーナはどうするかフォリアは知らなかったが、女性でも騎士になることはできる。ルベンの婚約者として妃教育に戻るのかもしれないし、彼女も優れた魔法を操る人なので、もしかすると騎士団に入団するかもしれない。

他にも、領地を持たない貴族や豪商の子たちは、家に帰って家督を継ぐ準備に移ったり、さらに学びを深めるために研究室に入ったりと様々だ。

そして、一番仲が良く、身分も同じラゼは冒険者をしているらしく、すでに働いている。

モルディール枢機卿に支援してもらっている自分と違って、彼女は自立しているのを知っているから、フォリアには焦りがあった。

「……わたしはどうしたいんだろう」

知恵は価値のあるもの。持っていて損をすることはない。そうゼールに言われて入った学園。

彼女も学校というものに興味があり、自分の求めることを学べる環境には心を惹かれたので、試験を突破するために必死になって勉強をした。

セントリオールに入れば、たとえ孤児でも人から認めて貰える。

……そうすれば、枢機卿という立場にいるゼールの隣にいても、白い目で見られることはなくなるのではないか――。

　フォリアはハッとして、洗濯物を干していた手を止める。

　その表情はどこか哀愁漂うものだった。

（……そっか……わたしにとって勉学を修めてゼール様に恩を返したいっていうのは建前でしかなかったのか……。本当は――）

　彼の隣にいられれば、それでいい。

　そのために必要なことは迷いなく決められるが、そもそも自分が枢機卿であるゼールの側に立とうとすること自体、無謀なことではないか。

　そんなことだから、進路が見えてこない……。

　分かっている。もう認める他ない。

　自分は彼ゼール・イレ・モルディールのことが好きなのだと。

　しかし、今のままでは到底彼の隣に立つことはおろか、ずっと足を引っ張ることになる。

　籠から取った洗濯物を握った手に力がこもった。

「ラゼちゃんなら、なんて言うのかな……」

　なんでもそつなくこなしてしまう、彼女なら。

　できるだけ枢機卿の側で彼の役に立ちたいのだと相談したら、なんと助言をしてくれるだろう。

　きっと、自分を応援してくれる言葉をかけてくれるに違いないことは、何となく想像ができた。

「――フォリアねーね！」

「わっ！　びっくりした！」

　ぼうっと考えごとに集中していたら、急に洗濯物の陰から出てきた女の子に気が付かなかった。

　驚いて肩を揺らせば、彼女は嬉しそうにフォリアを下から見上げている。

「フォリアねぇね。また『ラゼちゃん』の話？」

「え？　ああ……。うん。ラゼちゃんは本当に素敵な友達なの」

「ねぇねは、ラゼちゃんの話してる時、いっつも楽しそうだから、ミイちゃんも楽しい！」

　屈託のない笑顔で言われて、フォリアは破顔する。

　貴族と豪商の子息たちが集まる学園に入ることになって、入学当日まで本当に緊張していた日々を思い出していた。

　せっかく、ゼールも合格を祝ってくれたし、学歴としてはこれ以上ない名門校に通えることになったから最初は喜んだ。しかし、孤児院で育ててもらった自分が、身分の高い家の子どもたちのなかで上手くやっていけるかは、全く自信がなかった。

　最悪、勉強だけしっかりやって、人間関係は諦めよう。というところまで、考えていた。

　それなのに、入学式が終わった直後。

　クラス分けが発表されて、能力別だと聞いていたのに、まさか自分が一番上のA組になるとは思わず、驚きで心拍数が上がって焦って通路に出ようとしたら、狭い道でこけた。

　目の前に誰かいたのに、そのまま倒れ込んでしまって、さっそく大失敗をしてしまったと思って、頭が真っ白になった。相手が貴族の子だったら、これをきっかけにいじめられてしまうかも。

そんなネガティブなことが脳裏を埋め尽くしたところで、「大丈夫ですか？」と女の子の優しい声が聞こえた。

顔をあげれば、小さい顔に大きな鳶色の瞳をした、とても人当たりの良さそうな女の子が、がっしり自分を受け止めてくれていて。

ハッと我に返って、彼女だって貴族かもしれないと、慌てて謝罪すると、自分も庶民だからと声をかけて安心させてくれた。

あの時から、フォリアにとってラゼは特別だった。

すごく心細く思っていた学園生活を楽しめているのは、間違いなく彼女のおかげで。

ラゼがカーナやルベンたちと話す縁を作ってくれたし、寮でも一緒の部屋になってくれたから、パーティーなど慣れない準備も何とかなっていた。

ずっと孤児院で育って、フォリアには親戚のような関係の知人はいたが、院を卒業した歳の近い子たちとは疎遠だった。

だから、友達だと自信を持って言える存在は、ラゼが初めてだった。

彼女みたいな人を、きっと親友と言うのではないかと。自惚れすぎかもしれないが、心の中ではそう思っている。

たとえ学園を卒業しても、彼女とはずっと友達でいたい。

「ミイちゃんにも、きっといつか素敵なお友達ができるよ」

フォリアは、膝を曲げて女の子に笑う。

早く学校が始まらないかな、と。ラゼのことを思い浮かべた。

その直後だった。

害獣の出現を意味する警笛が鳴り響いたのは。

「フォリア！　早く部屋の中へ！」

「はいッ」

シスターに呼ばれ、フォリアは急ぐ。

この警笛が聞こえたら、何よりも先に家屋の中へと避難することが求められる。

ガーデルセン教会の奥には、害獣が生息する森がある。数年前にはその森の洞窟でスタンピードが起こり、怪我(けが)人も出た。教会には特別な結界が張られているが、過去を思い出したフォリアは真っ青な顔だ。教会に傷ついた兵士や村人が運ばれてくるのを見るのは、正直怖い。

(でも、わたしはもう学校で特別授業も受けたんだから……。しっかりしないと)

外に出ようとしていた子どもたちの点呼を取り、全員の安全が確認されてから、フォリアは受け入れの準備を始めた。

◆

「フォリア、こっちもお願い！」

「今行きます！」

教会に運び込まれた地方騎士の治療に追われるフォリア。前回のスタンピードとは違い、目を逸らしたくなるような怪我をしている人はいない。

ただ、

「急いで！　こっちにも解毒薬を！」

今回森から出てきてしまったのは、毒を持った虫の害獣だった。

小さな傷でも、早く手当てをしなければ命に関わる。

青く変色する傷口にフォリアは懸命に魔法を使い続けた。

「誰か！　急いで来てくれ!!」

そこに切羽詰まって大声で叫ぶ男が現れる。

あまりにも鬼気迫る声にフォリアは振り向く。


「え――」


彼女は言葉を失った。

逞(たくま)しい体躯の男に担がれていたのは、黒い髪に祭服を着た見覚えのある姿。ゼール・イレ・モルディール。その人だった……。

　サアッと血の気が引いて、その一瞬がとても長く感じた。

「フォリア！」

「っ！」

　フォリアは名前を呼ばれて、弾かれたようにゼールの元へ駆け出す。

「どうして、ゼール様が！」

「仕事が早く終わったから、お嬢さんと会おうとして教会に向かっていたところだった。まだ避難できずにいた街の子どもを庇って、毒蜂に刺された。すまない、おれがついていながらっ」

　ゼールの護衛を務めていたハンスは涙目だ。

「ぐっ、あっ――」

　ベッドに運ばれたゼールは意識が朦朧としているのか、酷い汗を浮かべ、身体を小刻みに震わせたかと思えば、がたがた大きく震え始める。苦しそうな風を鳴らす呼吸は、聞いているのも辛い。

「っ、ゼール様！」

　フォリアはとにかく、刺された脇腹に治癒魔法をかける。

　状態を診ようとして脱がした服の下には、身体を蝕むように黒い痣が浮かび上がっている。他の患者にある青い変色とは違い、魔法の効き目を感じない痣にフォリアの手も震えていた。

　震えるゼールを押さえているハンスも唇を噛み締めている。

（どうしよう。どうして、なんでこんなっ……。これじゃあ、ゼール様が、し、死んでしまうッ）

フォリアの魔法によって、痣の侵食のスピードは少しだけ遅くなったが、このままでは長くは保たない。

「ゼールは前回のスタンピードでも毒蜂に刺されて危なかったんだ。それにこいつを刺した毒蜂、普通のやつとは違って、真っ黒だった……」

「そんな！　そんな事、わたしにはっ」

「心配させたくなくて、黙ってたんだ。こいつは毒蜂の毒と相性が悪い……」

ハンスは苦渋の表情である。

それはフォリアが助けられないのは仕方ないと遠回しに言われているようなもので、彼女は息を呑む。

「――わたしは諦めない！　絶対に助ける!!」

フォリアは声を荒らげた。

彼女が人に怒鳴るところなど見たことがないシスターたちは、その声に思わず目を見張る。

(もっと。もっと力をっ)

魔石を無理やり起動させ、頭が割れそうに痛い。食いしばった歯が力んで、顎も震える。

それでも、フォリアは止めなかった。

目の前で大好きな人が死にそうなのに、痛いとか辛いとか言っている暇などない。

脳が沸騰するのではないかというほど、力を酷使したとき……。

——フォリアの傷口にかざした手から、大量の光が溢れた。

「うおっ」

あまりにも眩く、優しい聖なる光が急にゼールを包むので、ハンスが声を上げる。

思わず目を閉じて、彼が次に目を開けるとそこには、黒い痣どころか傷口ひとつないゼールの姿があった。

「お、お嬢さん⁉　これは！」

ハンスは震えが収まり、安らかな表情になったゼールを確認し、興奮した様子でフォリアを見る。

「よ、よかっ、た……」

「ちょ、お嬢さん！」

助けられたことに安堵し、気が抜けたフォリアの身体が倒れていく。

「——フォリアっ！」

彼女の身体が地面に着く前に、ひとりの少女がフォリアの身体を受け止めた。

「しっかりして。すぐ楽になる魔法を——」

ここにはいないはずの友人の声が聞こえて、フォリアは曖昧な意識でその人を見上げる。

「ラ、ゼ、ちゃん？」

そう呟いた後、彼女は答えを聞かぬまま、瞼を閉じた。

「お前、何者だ……」

フォリアを抱えた少女にハンスは身構える。

（現れるまで、全く気配に気がつかなかった……）

主人のゼールを危険な目に遭わせてしまったが、これでもハンスは護衛職を生業としている。

秘密主義な教会内の派閥争いは、表面化されないが貴族の後継者争いにも増して厄介だ。次期教皇の座を狙って、じわりじわりと遅効性の毒を効かせるように敵に圧をかける。

ゼールも、次期教皇の候補として名前が挙がる身分であり、彼を守るために腕前は勿論、生まれや家族構成、人格やらを全て審査し、選び抜かれた護衛がハンスだった。かつては騎士団にも所属したエリートだ。

切迫した状況ではあったが、そこらにいる人の気配を察知できないほど落ちぶれてはいない。

現れたこの彼女が異常なのだ。

「彼女の学友です。そう身構えないでください」

警戒心はそのまま、ハンスは少女を見つめる。

上は白いシャツ。下はズボンに、レースアップのブーツを履き、髪を簡単にまとめている姿は少年を思わせる。だが、目の前に現れた彼女が女性だということは身体つきから分かった。

彼女――ラゼ・シェス・オーファンは治癒魔法でフォリアの頭痛を和らげる。

フォリアは力の行使で気を失ってしまったようだが、休めばちゃんと回復するだろう。

「これでも冒険者の端くれでして。知らせを聞いて飛んできたんですが――」

ラゼはそう言いながらフォリアを抱き上げ、ゼールが眠る隣のベッドに横たえる。

「ただの冒険者が、狙ったようにお嬢さんの元まで駆けつけることができるか……？」

人畜無害でどこにでもいそうな娘だが、只者ではないことがわかるから、ハンスは腰の剣から手を離さない。ただの学友なんて言われても、信用できなかった。

「私がここに来たことを、フォリアに言わないでください」

ベッドの前にいたはずのラゼが一瞬でハンスの背後を取り、低く作った声で呟く。

「なっ⁉」

ハンスはゾッとした。

――この少女、全く底が見えない。

彼はゴクリと喉を鳴らした。

「友なら、なぜ隠す必要がある？」

「心配させたくないんです。危ないことに彼女を巻き込むことになるかもしれない。……それと、私はいつでも彼女の元へ駆けつけることができます。この意味、わかりますよね？」

ハンスの背中に、まるで刃物でも置くようなプレッシャーでラゼの指が当てられる。

それは『バラせば、どうなるかわかってるな？』という脅迫だった。

フォリアのために自分がここに来たことを黙っていて欲しいというのに、そのフォリアのことをいつでも口封じできると脅す彼女のことがわからない。ハンスは困惑したまま、この状況をどうやって打開するか思考した。

「……最後に聞かせてくれ。あんたはお嬢さんとゼールの敵か？」

ただ、こうして背後を取られてしまった時点で、彼女の方が格上。自分だけならまだしも、意識のないゼールとフォリアを守りながらこの娘を相手にするのは不可能だとハンスは結論した。

だから彼は、ラゼにそう問うことしかできない。

「モルディール卿はともかく。フォリアの敵ではありませんよ。言ったでしょう、学友だと。彼女とは仲良くさせてもらっているんです」

「…………分かった。あんたのことは見なかった」

「ご協力ありがとうございます。ハンスさんは応援が来るまで、ここでふたりを守ってください」

自分の名前を知られていたことに、ハンスは言葉も出せずに瞠目(どうもく)した。

背中に当てられていたラゼの指が離れたが、凶器を突き付けられたような感覚が残る。

こんなに小柄で無害そうな娘が放つべきではないプレッシャーだった。

「……駆けつけるのが遅くなってごめんね。フォリア。今はゆっくり休んで早く元気になってね。あとは私が何とかしとくから……」

フォリアにそう声をかけると、ラゼは瞬間移動でその場を去る。

横から見えた彼女の表情は優しく、それでいて厳しいものだった。

「何だったんだ。今のは……」

残されたハンスは、呆然として呟く。

フォリアの通っている学園に、あんな得体の知れない学生がいるとは思ってもみなかった。

緊張で強張(こわば)った身体から力を抜くが、ハンスはしばらくその場を動けなかった。

◆

ラゼは教会に来る数分前まで、開発部で新しい機器の演習テストに参加していたのだが、ガーデルセン教会で害獣と交戦中との通達を耳にして血相を変え、こちらに飛んできた。

明らかに軍服だと分かるものをすぐに脱ぎ捨て、マーキングしてあるフォリアの元に飛んだわけなのだが、それはフォリアが光を放つ寸前のところだった。

（……まさか、乙女ゲーの範疇(はんちゅう)を超えて覚醒イベントなんてものが発生するとは）

ラゼは森から飛んでくる虫を護身用のナイフで一匹ずつ確実に切り裂きながら、頭では乙女ゲームのシナリオについて考えていた。

話の本筋に関わるところだけが乙女ゲームの影響範囲だと思っていたのが、そもそも間違いなのかもしれない。何せこの世界は乙女ゲームを基にフィールドが展開されているのだ。関係のない場所だからと、切り離して考えるべきではなかった。

（あの光……。まさしくヒロインにのみ許されしエフェクトだった……）

そう――。

あれは、ヒロインのヒロインによるヒロインのための魔法。間違いなく、治癒魔法でも最高ランクの魔法『浄化』だろう。

フォリアの無事さえ確認できればそれで良いと思って駆けつけたのだが、思わぬものを見せられ、ラゼは愕然とした。目が潰れそうだった。貴族嫌いの先輩が聞けば、泣いて喜びそうだ。

倒れている男がモルディール卿だと分かって、愛する者のために覚醒するということは理解できたが、何故こんな風に覚醒イベントが起こったのか。

振り返れば……まるでカーナから、わざと忘れさせられていたかのような一大イベント。

こうして起こってしまったからには、ゲームを進める上で避けて通れない重要な出来事だったのは確かだ。

「モルディール卿を助けられなくても、助けられても、シナリオ的には問題ない……か……。一応モルディール卿のことについて調べておこう。浄化の力なんて覚醒させちゃって、これからフォリアは大変だろうな……」

状況をまとめる声は悲しいものだった。今後を想像して苦い表情のまま、また一匹、ラゼは空中の小さな的を貫く。

「こうなったら、とっととモルディール卿とフォリアをくっつけよう。うん。愛があるからきっと大丈夫だ」

考えた末に、彼女は己に大丈夫だと言い聞かせる。

だんだんと手がつけられなくなってきたシナリオ。この調子では、「断罪イベント」なんて一大イベントは回避不可能にみえる。どうにかしなければ、運命共同体のカーナ嬢が大変なことになってしまう……。何としてでも円満に学園生活を終わらせたい。目指すはフォリアとカーナのハッピーエンド。その他については取り敢えず後回しだ。

（どう見てもフォリアに惚れてるルカ様には悪いけど……。人命救助の方が大切だもんね……）

浄化の魔法なんてとんでもないものを覚醒させてしまったフォリア。

利点もあるが面倒ごとが多いので、正直覚醒しないほうが良いと思っていたラゼだが、発動できるようになった以上、隠しておけるものでもないだろう。

フォリアの力が目覚めなければ、もし自分が怪物になってしまった時に対抗手段がなくなってしまうと怯えていたカーナに、フォリアの力は覚醒させるなんて言った手前、結果オーライなのかもしれないが……。

ただ、これのおかげで、方向性は決まったようなものなので、切り替えは早かった。

多少強引な手を使ってでも、フォリアとモルディール卿をハッピーセットにする。試練があった方が恋は燃えるというやつで、二人には二人の世界で頑張っていただきたい。無論、サポートはするつもりだが。

「それにしても。モルディール卿の傷は気になるな……」

ある程度虫を駆除し終え、ラゼは脇腹に残る古傷の上に手を置く。普段は学生たちの目に触れると説明が面倒だから幻術で隠しているだけで、彼女の黒い傷跡はまだ残っている。

（十中八九、『魔性ウイルス』関係だろうな）

噂をすれば、とでもいえば良いのか……。

つい先日巻き込まれた魔物の密漁事件に加えて、またこの問題とこんなところでコンニチハすることになるとは。

ラゼの口からはため息が漏れる。

あの戦闘狂じいさんもといゼーゼマンに、魔石を獲りに行かされることになったのは、記憶に新しい。彼の計らいで仕事を大幅に減らしてもらえたのは嬉しかったが、バルーダのゾーンXVでの戦闘デートに付き合わされたことは誤算だった。勿論、全く楽しくなかった。始終楽しそうにしていたのは、将軍サマだけである。確かにあそこには他に誰も入ってこられないので、内密な話をする分には打ってつけなのかもしれないが、「お茶をしよう」と言われて連れて行かれた先が魔物の巣なんて笑えない。

そのあと意地で我がままを言って、ちゃんと優雅なアフタヌーンティーを勝ち取った自分を称賛したいくらいだ。

休戦中ではあるが、帝国と冷戦状態と捉えて間違いはないご時世なので、ブラックな軍に使われる分、ラゼはできる限り金を搾り尽くす算段で働いている。

退役したら悠々自適な隠居生活をすることが彼女の将来の夢だ。

「さて。そろそろ戻らないと」

あろうことか仕事を放り投げてここに来てしまったので、それなりの言い訳を考えなくてはならない。小言で済めばいいが、次の予定が「白衣を着た悪魔」との面会だったのがネックである。

戻ったら、きっとしがみつかれることになるだろう。いや、もしかすると泣きじゃくられるかもしれない。

ラゼは少し考えた後、ハンスから情報を聞き出して黒い毒蜂のサンプルを回収して軍に戻った。

「うっひょお～！　激レアサンプル来たぁ!!」

そう奇声を発したのは、ヨルだった。

ラゼが持ち帰った黒い毒蜂を受け取り、彼女のテンションはマックス。

蜂の入った小瓶を掲げるように持って、全方位から輝く瞳でそれをのぞき込んでいる。

「ああ、教授がまた自分の世界に……」

その側で頭を抱えるのは、彼女の助手を務めるフレイ・カンザック。ラゼはちょっとばかし罪悪感に胸が痛んだが、ヨルがそれ程興奮するような大事なモノであるから、それを渡さないという決断はできなかった。

「ヨル教授」

いつもより少し低い声でラゼが彼女を呼べば、その声色にびくりと声を震わせてヨルが振り返る。

「本題に入りたいです」

「……んんんん。わかったよ……。これを調べて、標本にするのは後にする……」

「そうしてください、と言いたいところですが、偶然にも、それは今回の話のメインと言ってもいいですから。検査しながら話せるなら、それでも構いませんよ」

「ひぇ～。やっぱり、ラゼは分かってるぅ～」

自分の性格をよく理解してくれている、この国きっての軍人にヨルは喜んだ。他の男たちは頭が固くて、話をするのも嫌になる。毎回、ラゼが来てくれればいいのにと、思わずにはいられない。

話を聞いていたフレイは、ラゼの訪問に合わせて片付けておいた机の上に、すぐに検査キットを準備した。

ラゼも懐から何やら四角い小さな箱のようなものを取り出し、それを両手で持って真ん中をひねって変形させると机に置く。

ヨルは目を丸くした。

「それは何？」

普段、研究に関すること以外に興味を示さない彼女には、自ら他人に対してそう尋ねることすら珍しい。フレイは常々、ラゼはヨルにとって特別な存在なのだと思う。その調子で、もっと人間らしい生活をしてもらいたいものだ。

「セルジオさんがつい最近作ってくれた盗聴防止用の防音装置です。一応、教会関係者に話がもれるのはまずいので」

「へぇ。そんな便利なもの作れるなら、もっと早く作れっての」

「本当ですよ。早くお願いすれば良かったです」

ラゼは苦笑する。こんなものが作れるならば、半周回って逆に怪しいやり取りや、わざわざゾーンXVに行かなくて済んだというのに。

まあそもそも、禁術を相殺する道具があるのに、防音装置がないというのも可笑しな話だった。

「白衣を着た悪魔」のヨル・カートン・フェデリックと肩を並べる奇才——セルジオ・ハーバーマス。

魔石を使った道具を作らせれば、彼の右に出る者はいないと言われる男なのだが、困ったことに面白いと思ったものしか作りたがらない。さらに補足すれば「作らされる」のが嫌いなタイプで、命令されると反抗して全く関係ないものを作り出す。

そんな彼も、これまた物騒な二つ名を持っていて「死神の玩具屋」なんて呼ばれている。

セルジオが趣味で作った空を泳ぐ魚の玩具や、海の上を走る蛇の玩具などの技術は次々と、軍事利用された。

「あいつ、お願いしたら作ってくれたの？」

「え？　まあ、そうでしたね」

「へぇ～。わたしが研究用に作ってほしいって言った器具は一個も作ってくれないくせに、ラゼのお願いは聞くんだぁ～？」

この研究室に置かれている道具や器具もセルジオが作ったものが並んでいるのだが、これらを手に入れるために毎回ぶつかっている。その時のことを思い浮かべているのか、ヨルは苛立ちを隠さない。

武闘派ではない彼女の白い拳が、握り締められている。

「ねぇ、ラゼ。ラゼから玩具屋に頼めない？」

頑なにセルジオのことは名前で呼ばないヨルの目は笑っていなかった。

ここで自分に振ってくるのかと、ラゼは内心たじたじだ。

「……お願いするだけなら……」

ヨルとセルジオの喧嘩は今に始まったことではないが、ふたりとも常識外れなところがあるので、放っておくととんでもない化学反応を起こす。

一度、ヨルがセルジオの作った機器に薬品を混入させて爆発事件が起こり、軍の中では「混ぜるな危険」という言葉が流行した。なんてこともあった。

ちなみにヨルの研究室がラゼのいる施設内にあるのも、実は彼女のお目付け役を任されているからという余談もある。

「やったね！　ラゼが可愛くお願いしたら、絶対断らないよ、あいつ。頼んだよ」

作ってもらえるかまだ分からないのに、ヨルは「これで研究が捗る！」と嬉しそうに笑った。

本当に魔物や害獣の研究が大好きな人だ。ラゼは肩を竦めて苦笑するしかない。

「さてと。この防音装置、もう動いてるってことでいいんだよね？」

「はい。ちゃんと設定してあるので、気にせず話してください」

「はーい」

ヨルは毒蜂の検査をしながら。ラゼはフレイが淹れてくれたコーヒーを飲みながら。ふたりは本題に入る。

「この前、教会に魔性ウイルスについて漏れそうになった件は、やっぱり帝国で行われた魔石の密輸が原因みたいだよ。変異種が見つかった」

「……帝国かぁ。本当、面倒なことばっかりしてくれますね。それくらいちゃんと管理して欲しい……」

ラゼは額に手を置き、盛大にため息を吐いた。

「バルーダからオルディアナに帰って来る時は、徹底的に殺菌することが義務だけど、それが何故なのか知ってる人が少ないことが問題だね」

「でも、仮に説明して、軍人たちが大陸間を行き来することの安全性を一般人に認められても、それで魔性ウイルスについて深掘りされることになったら困ります」

「そこが最大の問題なんだよ。最悪、軍人は迫害されるだろうね。魔物化する魔性ウイルスに対抗するワクチンを身体に入れてることがバレたら……まあ、混乱は避けられないかな。特に、教会の反応が怖すぎるね」

ヨルはスポイトで薬品を垂らしながらラゼに答える。

ラゼは神妙な面持ちで、再び口を開く。

「……ヨル教授。浄化の力を持つ子が現れたって言ったら信じます？」

「え？　それほんと？」

ヨルは物凄く驚いた表情で顔を上げた。驚きすぎて、スポイトから必要以上の薬品が飛び出している。

「今日。というか、今さっき。その魔物化した毒蜂に刺されて重度の『黒傷（こくしょう）』が出た男性が、綺麗に治っちゃいました」

「嘘〜。本当に存在したんだ〜！」

ラゼは首肯する。言わずもがな、フォリアのことだ。

魔性ウイルスは感染力が低いため、人が魔物化することは滅多にない。ただ、感染すると風邪程度に身体の不調を感じ、次第に魔石操作ができなくなってしまう。死に至る訳ではないが、十分、恐るべきウイルスだ。

そしてその魔性ウイルスはバルーダにいる魔物の身体に入ると形が変わってしまう。彼らが持った菌は、ヒトの血と混ざると黒くなる。それを『黒傷』と呼び、ラゼの腹にある傷もそれだった。

黒傷を通して、変異した魔性ウイルスを過量に摂取し体内に蓄積してしまうと、人間も魔物化することが分かっている。

軍人はその魔物と戦う仕事柄、魔物化のリスクを下げるためにワクチンを打っているのだ。

万が一にも完全に魔物化してしまった場合、今のところ確立された治療法はなく、希望は古文書に残る魔障を祓うとされる浄化の力ただひとつだった。

（……カーナ様の言う怪物っていうのは、魔物化のことなのかもしれないな……）

ラゼにはそんな考えがふと頭に浮かんだ。乙女ゲームの終盤、悪役令嬢のカーナは怪物になってヒロインたちを襲うらしいのだが、その怪物というのは人が魔物になったものの姿だという可能性がある。

しかしオルディアナでは、魔性ウイルスは害獣を媒体にして潜伏することしかできない。害獣が魔物化するのは極めて稀で、こちらの大陸で人間が魔物化することなどゼロに近い確率になる。

先ほどの毒蜂は「激レア」で魔物化していたが、その考察は少し現実的ではない。

ふたりの議論が白熱しかけたところで、コンコンと扉が叩かれる音がして話をやめる。

「これ、外の音は聞こえるんだ？」

「はい。使用範囲内にいる人の会話が外にもれないようにするためのものです。外で何かあった時に音が聞こえないのはリスクなので」

ヨルの疑問に答えると、側で控えていたフレイに合図をして彼が扉を開ける。

「か、閣下!?」

そして彼は目の前に現れた人物に驚きの声をあげ、助けを求めるように慌ててラゼを振り返る。

今日も今日とて、麗しい死神宰相閣下ウェルラインのご登場である。

「やぁ。そう身構えなくていいよ。わたしも話に混ぜてもらおうと思ってね」

「……ご連絡くだされば、ちゃんとした席をご用意したのですが……」

ラゼは立ち上がり、ウェルラインにかしこまる。

「ちゃんとした席なんて息が詰まるだけだろう。もちろん無礼講さ。わたしはいないものだと思って話を続けてくれ。軍きっての鬼才ふたりがどんな話をしているのか、前から興味があってね」

彼はお茶菓子まで持参していた。それも、学校に戻れたらユーグに頼んでミュンヘン商会から入手しようと思っていた、東の国のお菓子――クリーム入りのどら焼きだった。

（さ、流石閣下……。お目が高い！）

断る理由もないので、ウェルラインを交えて会話が再開された。

軽く今まで話していたことを説明すると、ウェルラインはその美形に妖艶（ようえん）な笑みを浮かべる。

本当に目に毒な人だ。他人に興味を持たないヨルでさえ「こういう人間は苦手だ」と目が語っている。

「説明ありがとう。じゃあ、どうぞ続けて」

底の見えないウェルラインに微笑（ほほえ）まれ、ふたりは若干の居心地悪さを感じながら話に戻る。

「えっと。その浄化が使える子には是非、軍に来て欲しいね。黒傷を浄化できればみんな安心するんじゃない？　脳筋たちも流石に気にしてるでしょ、あの傷のこと。箝口術（かんこう）かかってるから聞けないだけで――」

「……それがちょっと難しそうなんですよ。彼女の後見人、枢機卿で」

研究室には場違いな貴人が使い古されたマグカップを片手に気品を隠せず着席しているが、ここは自分のテリトリーだと主張せんばかりの口調でヨルが話し始める。

「ええ……。それは厳しいね。でもどこの国だっていつまでも魔性ウイルスのことを隠していられないでしょ。特効薬があるうちに、庇護を求める形で教会に話をつける方がいいとわたしは思うね」

その通りだと、ラゼも思う。ウェルラインだって首肯している。

（でも。そしたら、私が軍人だってみんなにバレる日はすぐに来る。……フォリアとカーナ様は、どう思うかな。私のこと……）

せっかく仲良くなったのに。気持ち悪がられるかもしれない。

そもそも、この歳で「狼牙」なんて称号をもらっている人間なんて、普通じゃない。正直、自分でも引いてしまう。

十で神童十五で才子二十過ぎれば只の人、なんて言うが、只の人になるにはもう少し歳月が必要だ。

（――卒業するまでは軍人だってこと、バレたくないなぁ）

すぐには答えずに、彼女はカップの中で波紋が広がるコーヒーを見つめた。

すると不意に横から手が伸びてきて、頭にぽんぽんとそれを乗せられる。

彼女は心底驚いてその人を見た。

「君には色々と無理をさせてるね。オーファンくん」

「え――」

ウェルラインの優しい表情に、ラゼは唖然とした。何をされるのだろうと、彼の動作を待っていれば頭を撫でられるから驚いた。

「息子の友人である君を、頼りすぎだと妻から怒られてしまってね。……すまなかった。最初は優秀な君を子ども扱いしないようにしていたのだが、いつの間にか甘えてしまっていたようだ」

「え、い、いえ……」

目の前の出来事が信じられず、彼女はうろたえた。敵と見なせばどんな手段を用いても容赦なく殺す指示を下す死神閣下に、こんな優しさを向けられると逆に緊張する。何か悪いことの前触れではないのかと勘ぐってしまうが、頭の端では最近、急激に仕事の量が減ったのはバネッサ夫人のおかげか、と納得していた。

「この件は任せてくれ。わたしたち以外には他言無用で頼む。本格的に動き出すのは、その子が学園を卒業してからだ。いい意見が聞けて良かった。ありがとう」

ウェルラインはいつの間にか空になったマグカップを置くと、にこりと笑って席を立つ。

毎日膨大な量の情報や書類に向き合って多忙な人なのに、フォリアのことも把握済みらしい。

ウェルラインが部屋を去って行くのを見届け、ラゼは呆然として撫でられた頭に手を置く。

「……死神宰相も人間なんだねぇ〜」

ヨルの声はどこか遠くに聞こえた。

「――全くですよ……」

ラゼはぽつりと呟く。

◆

フォリアが次に目を覚ましたのは、月光差し込むベッドの上。

「あ、れ？」

見覚えのある景色ではあるが、どうして自分がそこにいるのかすぐに思い出せず、彼女は呆然と起き上がろうとして、左手に温かいものを感じる。

なんだろう、とそちらを見てみて、フォリアは危うく声を上げるところだった。

(ゼ、ゼール様!?)

そこには自分の手を握ったまま、ベッドに伏せて寝ている祭服姿のゼールがいた。

彼がこんな風にして無防備に寝ているのを初めて見たので、そのかんばせに心臓がどきりと音を立てる。

速まる鼓動を抑えながら、彼女はあれだけ危ない状態にあったゼールの無事を確認して安堵した。

彼に握られた左手に、無意識に力がこもる。

そして、それに反応するように、ゼールの手がぴくりと動いた。はっと目を覚ましたゼールは、新緑の瞳を見開く彼女を見つけるや否(いな)や抱きしめる。

「フォリア！」

「ふぇ!?」

まさかの出来事にフォリアは目を白黒させた。

普段、感情をあまり表に出さない彼のことだ。抱きしめられるなんて想定外。神官にしては鍛えられた男の身体つきに、みるみるうちに顔が赤くなる。

「心配した……」

ゼールの呟きをすぐそこに拾って、彼女の胸はぎゅっと締め付けられた。彼の声はあまりにも切なく、自分を想ってくれているものだと分かってしまった。

「ゼール様。お身体は？　もう平気なんですか？」

無理をして魔石の起動をした自分と違って、彼は明らかに重症だったのだ。冷静になって、フォリアはまずそれを尋ねる。

しかし、その問いを聞いたゼールはフォリアから身体を離し、それから険しい顔で彼女に言った。

「人のことより、自分のことを心配しろ。四日も目を覚まさなかったんだぞ？」

「えっ？」

フォリアは驚いた。自分がつい数時間前だと思っていた出来事は、どうやら四日前の話らしい。

周囲を見渡してみれば、今いる場所は教会でもなく、彼女は目を瞬（またた）かせる。

「わたし、そんなに寝てたんですか？」

「ああ。力を無理やり使った反動だそうだ。起きるのを待つことしかできなくて、本当に心配した」

好きだと自覚した彼の真摯な瞳に見つめられ、フォリアは言葉が出てこない。頭の中でぐるぐると思考を巡らせ、やっと出てきたことは、気を失う前に聞いた声の主のこと。

「あ、あの。もしかして、わたしが気を失っている間、ラゼちゃんが来ませんでしたか？」

「ラゼ……？　……ラゼ・グラノーリか。そんな報告は受けていないが？」

「そ、そうなんですか。気のせい、だったのかな……」

だが、確かに誰かに抱き留められるような感覚があったはず。フォリアは少し考えたが、答えは出なかった。

どこかぎこちない沈黙が、ふたりの間に流れる。

「……その」

口火を切ったのはフォリアだった。

「ゼール様がご無事で、本当に良かったです。心配してくださり、ありがとうございました。……わたしは、いっつも助けてもらってばっかりです」

苦笑した彼女の表情は、儚げで。

月の光に照らされたフォリアを見て、ゼールはグッと拳を握った。

「そんなことはない。俺は、フォリアがいなければ今頃死んでいた」

彼は視線を落とす。

そう。ゼールはあの時、本気で死を悟った。

身体は全く言うことをきかなくなり、次第に呼吸は乱れて、そして意識は夢と現(うつつ)が分からなくなった。いや、あれは夢現という話ではなく、あの世とこの世の狭間にいたのだろう。

向こうに足を持って行かれそうになって見たものは、自分が望んだものは、今目の前にいる彼女。

——俺のいない世界で、俺ではない人の隣で幸せにならないでくれ。

それが、彼が腹の奥に隠していた本音だった。

他の子どもたちに比べて知能に優れた彼女により多くのことを学ばせてあげられる学校に通わせられるようにと手伝いをしたのは自分なのに、自分の知らない話を楽しそうに話すフォリアが気になって仕方なかった。

セントリオールに入学させたのは、危険の多い自分と関わりを持ってしまったフォリアに、自身で身を守る術(すべ)を身につけて欲しかったから。

しかし、バトルフェスタなんてものに彼女が出ることは当たり前だと分かっていながらも心配で仕事は手につかず、また、そこで見た彼女がまるで別人のようだったから、心は焦った。

どんどん、自分の元から離れていってしまう。

それも困ったことに、自身が抱くフォリアへの愛しさは膨れ上がるばかりなのだ。

自分でもどうかしてると思うが、いてもたってもいられず、結局のところ学園に乗り込んでしまった。

彼女の近くにいられることは嬉しかったが、周りにいるのは金の卵たち。同級生たちと学園生活を送るフォリアは、あまりにも眩しすぎた。

一体何度、自分も学生として彼女の側にいられたらと考えたことか……。

それでも——。

今の自分だからこそ、できることもある。

フォリアが笑って暮らしていてくれれば、それ以上にゼールが求めることはなかった。

彼女は毎日のように礼拝堂を訪れ、微笑みかけてくれる。その笑顔を見られれば、それまで考えていた雑念なんて簡単に吹っ飛んだ。

これからも、ずっとこうしていられればいいと、彼はそう思っていたのだ。

おのれの死を前にするまで。

「……フォリア」

「はい」

「俺を助けてくれたのは、間違いなくフォリアだ。そして、もう気がついていると思うが、その力は『浄化』の力。使用者は滅多に現れず、まだ解明されていないことが多い魔法だ。……国内外問わず狙われてもおかしくない……」

「……そう、ですよね。で、でも。わたし、この力を使えるようになったこと、ぜんぜん後悔してませんよ！　やっとゼール様のお役に立てたから」

フォリアの屈託のない純粋な笑みが、ゼールに突き刺さる。

彼はもう迷わなかった。

彼女の手を、優しく、そして強く握った。

「フォリア。君のことを俺に守らせてくれ。これからずっと、何があっても側にいたい」

懇願するように見上げられ、フォリアは息を呑む。

「……っ。そ、それは……。わたしが弱いから、ですか？」

そう答えたあとに、なんて自分は可愛げのない子なんだろうとフォリアは思ったが、そう問わずにはいられなかった。

もう、守られるだけの少女ではいたくない。

同情で優しくされたくなんてなかった。

昔は、ひと目見られるだけで嬉しかったのに、いつからこんなに欲張りになったのかは自分でも分からない。

ただ、フォリアは望んでしまったのだ。

彼の隣に立って、彼に認められるような女性になりたいと。

不安そうなフォリアに、ゼールは首を横に振る。

「強いも弱いも関係ない。そんなものは捉え方次第だ」

彼の低い声は、静まり返った寝室に染み込んでいく。

一呼吸おき、ゼールは言った。

「弱いから守りたいんじゃない。フォリアだから。君が好きだから、守りたいんだ」

その言葉を理解するのと一緒に、フォリアの瞳から涙が溢れる。泣かれるとは思っていなかったゼールは目を見張るが、言わずもがな、嬉し泣きだ。

フォリアは驚きで自分の手から離れていくゼールの手を、繋ぎ止める。

「わ、わたしも。わたしもゼール様が好きです。だから、あなたを守りたい。まだ、力不足かもしれないけれど、これからもっと頑張るから……こんなわたしでも、あなたの側にいてもいいですか？」

「っ。勿論だ。嫌と言っても離さないからな」

「それは、わたしもですよ？」

反対の手で涙を拭いながらそう言ったフォリアには、不敵な笑みが浮かんでいた。

◆

「グスッ」

モルディールの屋敷で、洟をすするような音がぽつり。

現在開発部で試作中の隠れ蓑——光を吸収する特殊な黒いマントを羽織った娘がひとり、フォリアとゼールがいる部屋の前から屋根の上へと移動しながら、感動に溢れる涙を拭っていた。

はらりとフードが外れて中から覗くのは、長い前髪をオールバックに結んだ茶髪茶目の軍人少女。

「ううっ。フォリアっ。良かったねぇっ」

そう呟いて涙腺を崩壊させたのは、ラゼである。

念のためもう一度言わせてもらうが、セントリオール皇立魔法学園に潜入していた、あの軍人ラゼ・グラノーリもといラゼ・シエス・オーファンである。

彼女、フォリアを天使と慕っているだけあって、意識が戻らないと聞いてから、実は毎日のようにフォリアの元に通っていた。

浄化の力を狙われては危険なので護衛しているというのは、今の彼女を見てしまえば、残念なことに言い訳と見做されるだろう。

「尊すぎるよ。何なんだ、あれ！　これはリアルなのか？　二次元なのか!?　青春かよっ!?」

誰にも見られていないことをいいことに、ラゼは屋上で悶えだす。

彼女もそれなりの理由があって、軍人という命をかける仕事を選び、任務をこなしているわけで、こうした出来事は彼女にとっては最早、崇拝に値する。

カーナとルベンもアツアツな青春をしていらっしゃるが、これとはまたお話が別である。

「なんだよ、枢機卿。ただのフォリア馬鹿だと思ってたのに、いいこと言うじゃん。あ、フォリア馬鹿だから言えたのか？　……いや、まあ、それはどうでもいいや。とりあえず、フォリアおめでとう。今日はお祝いだな！」

彼女は高まる鼓動に足取りも弾ませながら、月が見守る夜を飛ぶのであった。

◆

「……目を覚ましなさいよっ……。わたしと婚約するって約束したじゃない!!」

そこには安らかに目を閉じた少女が横たわっていた。

彼女の手を取り深刻な表情でそう呟いたのは、女性にしては骨張っていて、男性にしてはあまりにも綺麗なジュリアス・ハーレイ、その人である。

カノジョのその言葉に騒がしかった酒場は静まり返り、バタンと扉の閉まる音に皆ピクリと反応する。

そこには、愕然として目を見開く男女が。

まだ幼い顔に満足げな微笑を浮かべて眠るその少女を知る大人たちは、ジュリアスの言葉を聞き、揃って息を呑んで目を見開く。

そして――。

「「「はぁ⁉」」」

その意味を飲み込んだ男たち――つまりは、長椅子で寝ているラゼ・シェス・オーファンの仲間である軍人たちは、すっかり酔いも醒めて驚嘆した。

青天の霹靂とはまさしく、このことを指すのであろう。現れたばかりの男女ふたりは、言葉も出ずに、ただただ口をパクパクさせる。

「んん。……て、んし、が……」

渦中の少女は、そんな声にも目を覚ますことはなく、ぽつりと寝言を溢した。

「天使⁉ ダメよ、ラゼ！ そっちにイっちゃ！」

その言葉を聞き漏らさなかったジュリアスは、わざわざその瞳に涙まで溜めて演技を続けるが、彼らはそれを気にしているどころではない。

「「「こ、婚約ぅぅう⁉」」」

部下や仲間たちは、声を揃えてミステリーワードを叫んだ。

来店したばかりの男女、セルジオ・ハーバーマスとヨル・カートン・フェデリックは、わなわなと震え出す。

「俺のラゼは誰にもやらん‼」

「貴様ぁ！ わたしのラゼを誑かしたな⁉ そして玩具屋、ラゼはお前のものじゃない‼」

貸し切られた夜の酒場は、いつになく騒がしかった。

「……面倒な人たちが来ちゃったぞ、大尉」

「言うな、ハルル。触らぬ神になんとやらだ」

ラゼの側で事態を見守っていたクロスは悟ったような顔つきで、褐色の肌に銀髪を無造作に結った三十代くらいの男「死神の玩具屋」と「白衣を着た悪魔」という二つ名に相応しく白衣を着た黒髪の女性が店の中に入ってくるのを見つめる。

ちなみに既にジュリアスの周りでは、尋問が行われていた。

「ジュリア少佐、嘘ですよね？」

「ぜってぇ、嘘だな」

「飲み過ぎたんじゃないか？」

「ジュリアス、その冗談は面白くないぞ」

「あんた、付き合うなら男じゃなかったのかよ」

「おい、コラ。今ジュリアスって呼んだやつ誰よ？」

ジュリアスの迫真の演技（茶番）が始まった舞台は、〈月の滴亭〉。

めでたくフォリアという天使が想い人と結ばれた喜びを持ち帰ったラゼは、急遽、任務や訓練が終わり暇な仲間を集め、祝いの会を開いていた。

ラゼも、訓練で自分が然程酒に強くないことはわかっているはずなのだが、今日ばかりはと調子に乗って度数の高い酒を飲み過ぎた結果、この通りすやすや眠っている。

「だ、代表って、酒強くないんですね。なんか意外です」

寝ているラゼを見たビクターの感想に、ハルルは笑いながら突っ込んだ。

「ビクター。気になるのはそこなのかよ！」

「代表は、一応今年成人したばっかりなんだぜ？」

「いや。まあ、そうですけど。訓練があるじゃないですか。それに、あの代表ですよ？　何でも強そうなイメージでした」

「まあ、それなりに訓練されるけれど、代表の場合、飲んだフリをして他のグラスに移せるから。酒は特別強くはないみたいだ」

クロスの説明にビクターはなるほど、と納得する。得意型は一見パッとしない移動系にもかかわらず、この国随一の実力者である上司の応用魔法起動は底が知れない。まだまだ若いし、そのうち「時間移動」なんて御伽話のような魔法まで使えるようになりそうだ。全く、いつになっても追いつけなさそうな人である。

「……にしても、ここまで酔う代表は珍しいけどな……。きっと凄くいいことでもあったんだろ」

クロスは上着を脱ぐと、丸めてすやすや眠るラゼの頭の下に置いてやる。こうして見ると、やっぱり彼女は普通の少女だ。

ここ数日どこか元気がなかったので、いきなり「今日は祝いだ！」なんて大声を上げて登場したラゼを見たときは驚いたが、安心したものだ。

クロスの眼差しは、まるで家族を想うような優しいものである。

「ジュリア。わたしのラゼを狙おうなんていい度胸だね？」

「……お前のラゼじゃねぇだろ」

「はぁ!?　さっきから、あんた調子乗り過ぎじゃない？　ラゼにデレデレしやがって、この変態機械オタクが」

「あぁ!?」

すぐ側ではいい大人が眼光で火花を散らして口喧嘩をしているが、クロスの眼差しは変わらず優しいものである。

「ふふっ」

ヨルとセルジオが言い合う中、ジュリアスは余裕の笑みを浮かべる。

笑われたと分かったふたりはギロリとジュリアスを見たが、カノジョはにこにこしている。

「婚約を申し込んできたのはラゼよ？」

その証拠に、とブレスレットを見せるジュリアス。

「これ、ラゼからもらったの♡」

語尾にハートが付いているのが、目に見えるようである。

「婚約破棄イベントがあるなら、先にやってしまおうプロジェクト」を本気で実行中だったラゼ。

その相手に選ばれたのが、ジュリアスな訳だ。

「う、嘘だ……」

「わたしだってラゼにプロポーズしたのにッ！　なんでジュリアなの⁉」

カノジョの前に、崩れ落ちるシアンの鬼才たち。

「え。フェデリック教授って、男性だったんですか？」

「…………」

「……違うぞ、ビクター」

ヨルの言葉を聞いたビクターが驚いた顔でハルルに問う。ハルルは目を丸くし、クロスが答える。

ふたりは若干ビクターが心配になった。

「……ねぇ、ラゼ。嘘だと言ってっ！」

ヨルは寝ているラゼに涙目でしがみつく。

このシーンだけを見れば、それは少女の最期を看取る感動的なクライマックスだっただろう。

実際は、ただの茶番であるが……。

「わたしの何がいけなかったのっ。やっぱり、性別？　わたしの身体が女なのがいけないんだね⁉

……出直してくる……」

覚悟を決めたような真剣な声色。

「なあ、あの人、酒飲んでたっけ？」

「いや。来てから一滴も酒なんて飲んでないぞ」

ハルルは思わずクロスに尋ねたが、ヨル・カートン・フェデリックは素面である。

「出直してくるって。もしかして、性別を変える薬なんかがあるんですかね？」

ビクターの呟きに、ハルルとクロスがばっと彼を振り返った。

「お前、なんて恐ろしいことを⁉　そんなのあるわけ……」

ハルルの言葉はそこで一度止まる。

「おい。クロス。そんなのあるわけないよな……」

「…………」

「なあ、クロス。頼むから否定してくれ」

そうこうしている間に、やる気に満ち溢れた白衣を着た悪魔が立ち上がる。

「待ってて、ラゼ。今、生まれ変わって、王子が助けに行くからね」

いつでもどこでも着ている白衣をはためかせ、彼女は颯爽(さっそう)と踵(きびす)を返す——が。

「……ラゼさんに誘われて酒場に行ったっていうから、心配して来てみたら……」

「フ、フレイ……」

そこには彼女のオカンこと助手のフレイ・カンザックが仁王立ちしていた。

「教授。僕、いつも言ってますよね？　冷静な判断と倫理を弁えてくださいって？」

心なしか、彼の背後には黒いオーラが漂っている。

「あ、はははハハ……」

苦笑いをしてその場を誤魔化そうとしたヨルであったが、その後フレイに連行されて帰宅した。

これで少しは落ち着いたか、と思ったクロス。

しかし、残念ながらまだ問題児は残っている。

今度は、それまで項垂(うなだ)れていたセルジオが徐(おもむろ)に立ち上がる。

「よし」

意欲に溢れた眼光に、嫌な予感しかしない。

彼は懐から何か取り出したかと思えば、ジュリアスの前に立つ。

「お前、ちょっと測らせろ」

セルジオが手に持っていたのは、メジャー。

「なーに。わたしの身体に惚れちゃった？」

「気持ち悪いこと言ってんじゃねぇよ。お前にラゼをやるくらいなら、俺が作る機械人形に嫁がせたほうが百倍マシだ」

「「…………」」

シャッと、メジャーの紐が引き出される音が沈黙を支配する。

「少佐」

そこでポン、とジュリアスの肩に手が置かれた。

ジュリアスが振り返るとそこにいたのは、ラゼの副官であるクロスだった。

「聞きたいことは山々だけど、それは代表に聞くとして。………とりあえず、ここから逃げてください」

「……うん。わたしもそうしたい……」

それを合図にジュリアスは店の出口を目指す。

「逃がすか!!」

服に仕込んでいたらしい蛇のようにうねるセルジオの鎖が、カノジョを狙う。

「させるかよ」

ハルルは水の刃(やいば)を生成し、それらを弾く。

他の隊員たちも、店に被害を出さないようにする係と足止め係にすぐに分かれた。誰かに指示を出されたわけでもないのに、自分たちの適性を理解した分担と行動の速さ、その意思疎通。全てにおいて見事な連携である。この大陸の常識が通じない、魔物の大陸で生き延びてきた隊の応用力はここでも発揮されていた。

「どけ、お前ら」

対する蛇の鎖を生やすセルジオは、邪神のようだった。

「何としてでも、代表の未来を守るぞ!」

「「応!!」」

クロスの声かけに、男たちは応える。

「てんしとめがみ、ムニャムニャ……」

ラゼが寝言を言う隣で、攻防が始まった。

夜はまだこれからである――。

「代表~。明日から学校っすね」

「そうだね～」

執務室で書面と向き合うラゼに声をかけたのは、ハルル・ディカード中尉だった。普段、ラゼの副官として働いているクロス・ボナールト大尉の姿はそこにはなく、書類が少しずつ溜まっていく机はどこかもの寂しい。

ハルルはクロスの仕事机に軽く腰掛け、徐に書類を手に取ると、ぱらりとめくって視線を落とす。

「クロスへの引き継ぎは、大丈夫そーですか？」

「うん。大丈夫だよ。最近、私の仕事がまともな量に減ったから、引継ぎ書を書く時間はたっぷりあったんだ」

「それは良かった。まあ、代表は日頃からもっとオレたちに仕事回してくれてもいいんですけどね？」

ハルルの悪戯（いたずら）な笑みを見て、ラゼは微笑する。

「言われずとも頼りにしています。留守をよろしく。本当は、ボナールト大尉が回復してからここを離れたかったんだけど……」

「あの怪我じゃ、復帰はちょうど明後日（あさって）ですかね」

「……なんか、ほんと、申し訳ない……」

ラゼは一昨日（おととい）の出来事を思い出し、頭を抱えた。

「代表のせいじゃないですよ。クロスは邪神と化したセルジオ・ハーバーマスから代表の未来と酒場を守った英雄です。それに腕の一本や二本、軍人だったら捨てる覚悟じゃないと」

そう言うハルルは、ニタニタ笑ったままだ。

今、ここにいるべきはずのクロス・ボナールト大尉は、現在皇国病院で療養中である。というのも、「死神の玩具屋」と呼ばれる男との戦闘により、彼は両腕を複雑骨折していた。

鬼才（頭のネジが一本、いや二本ほど外れた変人）相手に、酒場やあたりの建物を壊さないように戦うことは至難の業であり、ボナールト大尉の腕が犠牲になったことは最小の被害とも言えた。

傷自体は、皇国病院の治癒師にすぐ治してもらえたが、破損した肉体が治ったと脳が認知するまでにはタイムラグが生じてしまう。この時間には個人差があるが、大きな損傷ほど時間は長くなるものだ。

ラゼも一年生のバトルフェスタで致命傷に近い傷を負わされすぐに治癒されていたが、彼女の場合、それまでの経験から脳の順応が早まり、身体を動かすことが可能だった。そこまで順応率を上げるには、それなりの痛みの代償が必要となる。

クロスの完全回復に五日ほどかかるのは、決して長い期間ではないわけだ。

「……まさか、私が婚約しようとしただけで、あんな騒ぎになるとは思わなかったんだよ……」

ラゼは酒場の椅子で目を覚ました時のありさまを脳裏に浮かべる。

何やら周囲が騒がしいと思って目を開けてみれば、炎や水、風の魔法が飛び交い、敵襲に遭っているのだと本気で驚いた。飛び起きて戦闘態勢に入ってみれば、前世でいうところの八岐大蛇（やまたのおろち）、男のメデューサとでも表現すべきような、鎖の蛇を操るセルジオと仲間が交戦中。

それを見て彼女が最初に思った一言は、「意味がわからん」だった。

一体、何をどうすればこんな事になってしまうのか、ラゼには心当たりなど微塵もなかった。実際のところは、彼女が破棄前提でジュリアス・ハーレイに婚約を申し込もうとしたことが引き起こした問題だったのだが……。

訳もわからぬまま、両腕をだらりとぶら下げたクロス・ボナールト大尉が視界に入った瞬間、ラゼは一瞬でセルジオの背後を取り、動きを封じた。

その後、落ち着いて話を聞いてみれば、自分のせいでセルジオが暴れることになったことが分かり、ラゼは言葉を失うことになった。酒場の中は、変に優秀な部下たちの防衛組が守ってくれたおかげで、皿が数枚割れて机と椅子が壊れただけで済んだからよかったものの、ここでもし一般人にでも被害が出ていたら大事だった。

ちなみに、犠牲となったクロスは仲間たちに「よく頑張った！」「お前は英雄だ、クロス！」「さすがです、大尉」「よッ。炎の守護神！」と労われながら、病院へと搬送された。

彼には自分以上に苦労をさせてしまっていると、ラゼは心から申し訳なく思っているところである。

「大尉が復帰したら、これを渡しておいてくれるかな？」

ラゼは用意しておいた袋をハルルに差し出す。

「これは？」

「お酒。年代物らしいよ。美味しそうだったから買ってみたんだ。もし中尉も飲みたかったら、大尉にお願いしてね」

「了解です」

魔法と性格の相性がよく、ペアを組む事が多いからか、仲の良いクロスとハルル。ラゼはニコッとハルルに笑いかけた。

彼もつられて笑うと、またしばらくゆっくりできるんですか？」

「学校が始まったら、またしばらくゆっくりできるんですか？」

ここ数日、席を空けていた間に溜まった難易度の高い仕事に埋もれていたラゼを知っているので、ハルルはそう尋ねる。

「いや……。毎年やってるバトルフェスタは問題ないだろうけど、今年は学園祭があるから忙しくなりそう。まあ、騎士団が警備についてくれるらしいから、私は大人しくしているつもりだけどね」

「学園サイ？　何スか、それ？」

この世界では学園祭というものは一般的に浸透していない。ハルルは聴き慣れない単語に目を丸くする。

「お祭りだよ。学園の祭り。生徒がクラス単位で出し物をするんだ。食べ物のお店を出したり、演劇をしたり。流石貴族の学校だけあって、かなりレベルが高い出し物になりそうだよ」

「へぇ～。いいですね、楽しそうです！　オレも混ざりたいなぁ｜、なんて」

「でしょう？　外務大臣のご令嬢の意向で、招待券があれば祭りの間は、一般の人も学園に入れるようにする予定なんだ。今は理事長と騎士団代表数名と、警備システムについて色々検討中」

きっと面倒な作業のはずだが、そう語るラゼはどこか楽しそうだ。彼女の年相応な反応にハルルは目を細める。

◆

「あ、あの、中尉……」

「はい？」

そこで少し目を泳がせながらラゼが口籠り、彼は小首を傾げる。何でもハキハキ喋るラゼには珍しかった。

「その。もし、もしもだよ？　私が招待状を渡したら、ディカード中尉や、ボナールト大尉はどう思う、かな……？」

不安そうにチラリと見上げた彼女に、ハルルは目を瞬かせる。

そしてラゼが言いたいことを理解した彼は、みるみるうちに満面の笑みを浮かべ、答えた。

「そりゃあ、嬉しいに決まってますよ！」

その屈託のない返事に、ラゼの瞳がきらりと輝く。

「なんなら、任務より優先して行きます!!」

勢い余って前のめりになるハルルに、彼女は思わず笑った。

「ハハッ。それはちょっと、困っちゃうなぁ」

口では困ったと言っても、ラゼの目は優しく弧を描いていた。

ラゼとハルルが某軍施設で会話をした時より、時間は少しだけ遡り。

そこは皇国病院のとある一室。

窓際のベッドで小さなボールを持ち、指を動かすリハビリをしていたのは、入院着を着たクロス・ボナールト大尉であった。

「まさか、腕を折られるとは……。『鬼才三本柱』の名は伊達じゃないということか……」

回復が遅い左手からボールを離し、彼はため息を漏らす。

「鬼才三本柱」とは皇国軍の中で使われる言葉だ。クロスの腕の骨をボロボロにしたセルジオと、「白衣を着た悪魔」ことヨル、そして彼の上司でもある生きて「狼牙」の称号を得たラゼの三人のことを指している。

「……セルジオさんは専門が技術職だから、戦闘となると、力加減を忘れるんだな」

彼はあの時を振り返りながら、身体を倒してベッドに背を埋める。その病室には他にもベッドは並んでいたが、使用しているのは彼だけである。

徐に、いい天気だなと思いながら窓の外を眺めていると、視界の端に人影が映り込む。

そして顕になったその人物に彼は息を呑んだ。

「かっ⁉」

そこにはいるはずがない人物に、仰天したクロスの言葉は途中で止まる。

そんな彼の驚きを他所に、窓の隙間に手をかけてカラカラと開けて「やぁ。元気そうだね」と声を発したのは、死神宰相ウェルラインだ。

「ああ、ただの散歩中だから。楽にしてくれて構わない。むしろ、こんなところから突然すまないね」

「い、いえ！」

クロスは慌ててベッドから降りて立ち上がろうとするが、ウェルラインはヒョイと窓から中に入って、彼を座らせた。

「実は執務室を抜け出して来ていてね。わたしがここに来たことは内緒にしてくれるかい？」

微笑を浮かべる死神宰相は、男でも肝を冷やすくらい綺麗な顔をしている。クロスは今起きていることの理解に苦しみながらも、大人しく上官の命令に従った。

「その、わたしに何か……？」

「君が怪我を負うことになった経緯が個人的に気になっていてね。決して罰しに来た訳ではないことは理解してくれ。あ、これはお見舞いだよ」

「……あ、ありがとうございます」

フルーツの盛り合わせを受け取ったところで、クロスの肩にこもった力が抜ける。それを見てからウェルラインは話に入った。

「ついさっき、オーファンくんの副官である君が入院したと耳にしてね。昇級を渋っているような優秀な大尉が町で怪我なんて不思議だと思ったんだ。聞くところによると、セルジオ・ハーバーマスくんがひと暴れしたそうじゃないか。彼の相手は大変だっただろう？」

無論セルジオの奇人ぶりを理解しているウェルラインなので、酒場で彼が暴れたという姿はなんとなく想像がついていた。苦笑いでクロスを労う。

「い、いえ。わたしの実力不足が招いたことですので……」

「はは。君まで本気を出したら、店だけには留まらずに町全体が大変なことになってしまうからね。感謝するよ。それは名誉の傷なわけだ」

ふと、ウェルラインの背後に穏やかな風が吹き込み、彼の滑らかな御髪（みぐし）が揺れた。

つくづく絵になる人だなぁ、とクロスは内心ため息を吐きながら、困ったように相槌を返す。

「それで、その理由を是非聞いてみたくてね。わざわざ報告書にまとめてもらうことでもないし、ここは参謀本部から近いから直接来させてもらった」

用件を理解したクロスは宰相ともあろう人がわざわざそんな話を聞きに来たとは、にわかに信じられなかったが、隠すこともないだろう。

「セルジオ殿が暴れた理由ですか。端的に言えば、オーファン中佐殿の婚約を阻止するためになります」

クロスはすぐにそう答えた。

「――ん？」

ウェルラインはクロスの言葉をすぐに咀嚼（そしゃく）することができなかったようで、眉をひそめて首を傾げる。

「……すまない、今、婚約と聞こえた気がしたが？」

「ハイ。ラゼ・シェス・オーファン中佐とジュリアス・ハーレイ少佐の婚約です。私どもも初耳だったのですが、それを聞いたセルジオ殿がふたりの婚約を阻もうとされました。その結果ハーレイ少佐とそっくりな機械人形を作成しようとなさったため、酒場にいた我々がそれを止めようとして揉み合いに……」

ウェルラインの表情はみるみる変化する。

クロスが二度目の説明を終えると、彼は目を見開いた。

「オーファンくんが、婚約だと!?」

どこか見覚えのあるような、ないような驚き方に、クロスはびくりと肩を竦ませる。

「そ、そう来たか。まさか、軍人を選ぶとは。彼女の性格上、仕事場とプライベートを混合できるようなタイプではないと踏んでいたんだが……」

ウェルラインは口元に手を当て、ぶつぶつと呟く。

どこか慌てた様子の宰相の姿をクロスは目を丸くして見守った。

「いや、待て。大尉、君は今、ハーレイ少佐と言ったかい？」

「ハイ」

再び鋭い視線が自分に飛んできて、クロスの汗が頬を伝う。

「ど、どういうことだ……。彼は確か……」

「そうですね。カノジョと表現するような方です。わたしも、男性が好みだと聞いていました」

「そう、だよな」

「……しかも、代表から婚約を申し込んだそうですよ。本人から言質もとっております。詳しくはわたしも聞いていませんが、贈り物もしているそうですし本気なのでしょうか……。後でハーレイ少佐が心変わり、なんてことにならないと良いのですが」

ウェルラインは衝撃的な事実に、思わず額に手を置いて唸る。

狼牙には、何としてでも国にとどまって欲しいものだ。学園潜入を通じて、あわよくば皇国貴族のパートナーを見つけてくれれば、とウェルラインは考えていた……。いや、そんな下心は横に置いたとしても——。

「アディスのやつ、全く意識されてないじゃないか……」

「え？」

ウェルラインの呟きを拾えなかったクロスが聞き返すが、「なんでもないよ、こちらの話だ」と答えて端整な顔に笑顔を貼り付ける。

「興味深い話をどうもありがとう。もう少し話したかったのだが、やることができてしまったから、ここでお暇させてもらうよ。早く良くなることを祈っているよ。天の導きがあらんことを」

「は、ハイ。天の導きがあらんことを」

窓から退室していくウェルラインを見送り、クロスはフウと息を吐く。

「……今のは、結局なんだったんだ？」

ウェルラインが来たことを証明する籠からは、甘く熟れた旬の果物たちが顔を覗かせていた。

戸締りをした薄暗い家に「いってきます」と一言告げ、足元に敷いた魔法陣が光る。

次に目を開けば、そこは転移装置としての機能を持つ大きなホール。

私服姿の全校生徒が、一斉にセントリオール皇立魔法学園に転送された。

「ラゼちゃーん！」

「ラゼ！　元気にしてた？」

「ふたりとも、お久しぶりです！」

数日ぶりに天使と女神の姿を見て、ラゼの頬は緩む。フォリアは緑のワンピースで、カーナは紺のジャケットに赤いスカートを穿いていて対照的だ。ラゼはと言えば、最近暑くなってきたからという理由で、半袖のシャツと短いパンツを穿いている。

今日は始業式。ラゼは首元まで窮屈に閉める軍服から解放されて、学園に戻ってきた。

「これ、お土産よ。忘れる前に渡しておくわ」

「わぁ。いつもありがとうございます！　私からもこれを。ちょっとだけなんですけど、喜んでもらえると嬉しいです」

　カーナから土産を受け取った彼女は、代わりに小さな紙袋を渡す。

　休み明けにいつもカーナから土産をもらっていたので、ちゃんと用意してきた。

「これは？」

「アロマオイルです。とてもいい香りだったから、ふたりにもあげたいと思って。フォリアには、部屋についてから渡すね」

「いいの？　ありがとう！」

　フォリアも目をキラキラと輝かせた。

「嬉しいけど。お仕事、忙しかったんじゃない？　もしかして無理させて……」

　ハッとした様子で心配そうに尋ねたカーナに、ラゼは笑った。

「買い物ができないほど忙しくはなかったので、平気ですよ。ほら、私、移動時間はかなり短縮できるし」

「そう？」

「はい。仕事にも余裕ができて今年の夏は充実していたので、そこまで気になさらないでください」

　ラゼの返事を聞いて安心したのか、カーナは優しく微笑む。

　それからラゼは恒例となってきた天使と女神の再会に感謝しながら、始業式の準備を整えるために寮へと向かった。

　寮母さんから鍵を受け取り、カーナと別れて部屋に到着。フォリアと土産を交換し、荷物を広げて片付けると制服に着替える。

この制服には特殊な魔法陣が組み込まれているため、入学式の前以外では学園から持ち出さないようになっている。

ラゼはテキパキ着替えを終えて、フォリアの準備を待った。

この休みの間にフォリアとゼールの関係が進展したことを知っているから、なんだか微笑ましい。

いつか自分にも話してくれるのかな、なんて考えながら天使を見つめて、ラゼは気がつく。

(あれ？　モルディール卿は聖職者だけど、学園関係者の大人が生徒と付き合うのってさ……)

ゼールからの贈り物である耳飾りが、フォリアの耳元で揺れる。

(……禁断ってやつじゃない？　これはモルディール卿、大丈夫なのか……？)

今年でフォリアは十七歳、ゼールは二十七歳……。十歳差くらい許容範囲だろうとラゼは思っていたが現実に振り返ってみるとなかなかに危うい関係なのではないか。この世界の「星教」に所属する聖職者の結婚自体は問題ないというご都合展開なのだが、生徒と教師のようなふたりがくっついていると思うと、何となく見なかったことにしたくなる。

相思相愛でお堅そうなゼールと、あの天使フォリアのふたりなので気にすることはないのだろうが、ラゼには前世の知識がちらついた。

フォリアが自分で化粧をし、念入りに鏡の前で自分の姿をチェックするのを見て、彼女は目を細める。

(乙女ゲームの世界とやらだし、気にすることないかー！)

天使の前では、前世のモラルなど無力であった。

ラゼは遠い目で、現実逃避ならぬ前世逃避をする。

◆

準備を終えて、今度はパーティー仕様ではなく座席が並べられたホールに集まった全校生徒たち。

始業式は滞りなく進み、昨年同様バトルフェスタについての説明が始まる。

真夏の眩しいスポットライトが注がれる、熱い戦いの日々が今年もやってきた。

去年は突然の乱入者のせいでラゼは痛い目にあったが、今後禁術なんて代物が使われることはほぼないと言っていい。セルジオの発明品で、かなり穴は埋められた。そのおかげか、冬に行われた模擬戦は平和に閉幕を迎えている。

ただ、だからといって油断はできない。この学園には帝国側の内通者がいる可能性が非常に高いのだ。そして、既にマークする人物の候補は決まっている。

（カーナ様に敵意を向けるような輩（やから）はとっとと潰したいけど、泳がせることにしたからな……）

ラゼは壇上にいるハーレンスを見た。学園では彼が彼女の監督官である。彼も理事長という立場で不安はあることだろうが、それでも作戦に踏み切ったのはやはりラゼ・シェス・オーファンという存在が大きかった。

過大な評価をもらっていることに悪い気はしないが、自分の出番などないに越したことはなかったのでラゼとしては複雑だ。

（まぁ。私がいるからには死んでも金の卵たちは守ってみせるけどね）

入学当初と彼女の意気込みは変わらない。しかし、その内に秘める熱量が格段に大きくなっているのは、ラゼも生徒としてこの学園生活を好きになっているからに違いなかった。何せ、若くして軍人になったものだから、表の人間との関わりはかなり薄かったのだ。こうして学園に通うことになるとは、彼女自身、思っても見なかった。

その裏に、狼牙（ろうが）をこの国に留めようとする計略もあったりするのだが、彼女はそのことに全く気がついていない。変なところ、自分の価値について彼女は見誤っている節がある。

たとえこの学園で何かが起こったとしても、シアン皇国で一番強いと謳（うた）われる狼牙を、上層部がみすみす処刑することはしないだろう、というところまでラゼの考えは至っていなかった。

「それでは、今年の対戦表を発表します」

教師の声かけとともに、バトルフェスタの対戦表が舞台に浮かび上がり、生徒たちの手元には番号が割り振られる。

（Ｙの２‐１ね……）

校舎にもこの対戦表は張り出されるが、訳ありなラゼもお楽しみということで対戦相手を知らない。目を凝らして相手を確認する。左から順に視線を滑らせると、「Ｙ２‐１」との表示を見つける。

「――えっ」

そしてラゼは自分の隣に書かれた対戦相手を見て、思わず声を漏らした。

そこには「ルカ・フェン・ストレインジ」と、見知った人物の名前が記されていた。

見る場所を間違えたかと思ったが、残念ながら間違いではない。相手は財務大臣の三男坊で、乙女ゲーム攻略対象者でいらっしゃる、あのルカだ。剣術や体術は苦手ではあるが、彼の魔石を操るセンスは非常に高い。魔石の使い方をよく理解しているから、言語化が難しい魔法の教え方も優れており、攻撃の魔法が苦手なフォリアの先生も務めていた。長期休み中の合宿では、魔道具を作るのも得意みたいだったので、自分にはない才能の持ち主にラゼも一目置いている。

彼も驚いたのか、こちらを振り向いたところでラゼと視線がかち合い、ルカはハッと目を逸らした。

ラゼも珍しく気まずい思いで、困ったように髪を耳にかける。

（……かなーり想定外の相手が来たんですけど……？）

正直に――。ラゼはルカが得意ではない。逆に、彼も自分を苦手としているだろうということが何となくわかっていた。

ルカだけなのだ。ラゼがカーナたち――言い換えると、乙女ゲームのキャストの皆さまの中で、あまり交流がないのは。

みんながみんな仲良くなれるものではなく、感覚的に苦手とする相手がいる。前世だろうが今世だろうが、乙女ゲームだろうか、それは同じのことらしい。

ラゼも別に、彼を心から嫌っているわけではないので、普段はある程度距離を保って当たり障りないようにやっているのだが、まさかその相手とバトルフェスタで戦うことになるとは。

(なんか、やり辛いなぁ……)

ルカは典型的な貴族思考の持ち主。崇高なご貴族サマなので、天使フォリアにすら最初は当たりが強かった。

まあ、その壁をぶち壊していくのがヒロインクオリティである。

ルカはその聖なるヒロインパワーを浴びて、とある技を完成なさった。その名も、対フォリアの場合のみに許されし秘儀「ツンデレ」。

ここで気をつけなくてはならないのは、非常に残念なことに「対フォリア」でしかこの御業は披露されないということだ。

庶民ラゼ・グラノーリは勿論、貴族の女子であろうと軽率に彼に近付こうとするならば、あの可愛い顔に毒を吐かれる。

ちなみにカーナの予言の書によれば、彼に「可愛い」は禁句だそうだ。

ラゼは再び目が合わないように、ちらりとルカを盗み見る。

次に彼の視線が捉えていたのは、天使フォリアの姿。

それを見て、ラゼの頬が引きつる。

(そういえば、ルカ様だけだな。あからさまにフォリアのことが好きな攻略対象者……)

ルカは紛うことなき乙女ゲームの攻略対象者。

……だが、しかし。

残念ながら、フォリアが選んだのは、乙女ゲームでは（たぶん）故人設定であるモルディール枢機卿。彼女たちは既に恋人同士。彼の付け入る隙は一ミリもない。

彼女は悟った瞳に変わると、静かに両手を合わせる。

（……ルカ様。色々と、すみません）

ラゼの意味深な行動を、後方の席にいたアディスが訝しげに見ていたが、彼女は背中に感じるその視線を全く気に留めなかった。

こうして二度目のバトルフェスタは始まりを告げる。

数週間の休みを挟んで学園に戻って来た生徒たちだが、バトルフェスタの準備期間――言い換えると調整期間が始まり、授業は実技のみになる。ほぼ自習のような形態だ。

剣を振るう者や、魔法を極める者、虎視眈々と想い人に差し入れをしようと狙っている者など、各自思い思いに時間を過ごしている。

昨年の今頃ラゼはいわゆる筋トレをしていたのだが、今回彼女の姿は訓練場に見当たらない。

「グラノーリ！　グラノーリししょーう！」

その代わり、ラゼの名前を大声で呼びながら赤髪の学生が訓練場を走り回っていた。

彼こそは、この間の冬の学年別トーナメント戦で優勝を収めている、イアン・マッセ・ドルーアである。得物を剣から槍に変えての戦いぶりは、まだ記憶に新しい。

「ど、どうしてこうなった……」

名前を呼ばれている本人ラゼは、訓練場側の校舎の陰で、在学中一番の困惑顔をしていた。

はてさて。どうして赤髪の彼はあんな無邪気に、恥ずかし気もなく、人探しをしているのだろうか。

「グラノーリ師匠～！　いたら返事をしてくださーい！」

あんな風に名前を呼びながら探しものなど、迷子になった子どもを探す親か、ペットを探す子ども、もしくは本気で窮地に陥った状況でしかラゼは見たことがない。

「おかしいな～。この辺りにいる気がしたんだけど」

こうして隠れている間にも、イアンは自分の名前を呼びながら訓練場やら武道場を駆け回っている。野生の勘なのか、妙に探知が上手いのも困るものだった。

下手に目立ちたくないラゼからするとまずい状態だ。

前回あんな立ち回りをしたイアンが「師匠」と呼ぶ人物とは一体何者なのか。将来の進路にも関わる試合ということもあり、特に騎士団に入団したい生徒たちは、こっそりと彼の行動を目で追っている。

ちょっと図書館に寄って、訓練場に顔を出してみればこれだ。完全に出て行くタイミングは逃している。

「ああ。なんでこんなことに。……………自分のせいか……」

自問自答し、ラゼはがっくり項垂(うなだ)れた。

遠くにはイアンが自分を呼ぶ声が聞こえる。

冬の大会では、ちょっとアドバイスをしただけのつもりだったのだが、まさかこんな厄介なことになるとは。

たいしたことはしていないはずなのだが、何故(なぜ)かイアンは自分を探している。彼の性格からすると、ひと試合してくれとでも言われそうだ。去年逃げ道に使った先輩は卒業してしまい、彼の相手になってくれそうな代役が思い付かない。……きっと、イアンも相手になってくれる人がいなくて、自分を探しているのだろうということは、ラゼも理解できた。

うまく手を抜いて負ければ、とラゼは考えたが一度勝ってしまっているし、よく言えば一途、悪く言えば頑固なイアンが手を抜いて納得してくれるのかも危うい。ああいう、野性の勘が働きそうなタイプは警戒しなくてはならない。

ラゼは極限まで自分の気配を消したまま、その場で対策を考える。

(既に冒険者をしてたっていうフェイクの肩書は、バレてるんだよね)

冒険者の登録をしている学生なんて、優秀な人材が集まるこの学園であればそう珍しくもないだろう。さすが貴族の学園だけあって、教育に力を注いでいる家がほとんど。中には勿論、危険なことはさせなくない、という方針の家庭もある。が、男子の場合は得てして文武両道が目指すべき姿とされている。ここに集まった生徒たちは、幼い頃から実績がある家庭教師たちから指導を受けてきた者が大半だ。

(ちょっとくらい力を出しても平気か？　いや、でも相手はイアン様だしな……)

学年一番に輝いたイアンと良い勝負なんてしてみろ……と想像し、ラゼは唸る。

(…………そもそも私が力を出したところで、狼牙だって気がつかれるものかな？)

現実逃避に入った彼女の思考は、根本へと立ち返った。

乙女ゲームのキャストの皆さんは、揃いも揃ってハイスペック。何より、容姿がいいので何をしてもとにかく目を引く。

庶民ラゼ・グラノーリが移動系の魔法を使ってみたところで、パッとしないだろう。

何せ、彼女は他国から「首切りの亡霊」と呼ばれているのだ。空間を自由に移動し、姿も見せないうちに敵を倒す戦闘スタイルだからこそ、他国どころか自国の軍人たちにすらラゼの顔は割れていない。

味方でも初めて会った人には、何故子どもが軍服を着ている？　なんて怪訝な顔を一瞬されるのだ。

それでちょっかいを出されることもザラだった。

階級章のついた軍服を着て、第五三七特攻大隊の隊長だと、つまりは狼牙だと名乗っているにもかかわらず、その見た目からすぐに信じてもらえない。

――そうであれば、尚更……。

(あれ？　別に私がここで本気を出したとしても、正体なんてバレなくないか？)

本気を出しても、本気でやれば自分の姿すら人に見せないで任務をこなせる……。その技術が、彼女には確かにある。何せ、ラゼ・シェス・オーファンは生きて「狼牙」の称号を得た初めての存在。唯一無二の生きる伝説なのだから。

ラゼは愕然とした。

どうしてこんな簡単なことに、今まで気がつかなかったのか。

特待生として学園に入学し、「冒険者だ」と偽の告白をした時点で、自分は勉学に優れていても当たり前だし、武術ができてもおかしい事はない。

「ハハ……」

こんなことにも気が付けないくらい必死に素性を隠そうとしていた自分に、気が抜けたラゼは思わず自嘲を溢す。

学園に入学し、彼女には大事な友ができた。

カーナやフォリアと、ラゼ・グラノーリとして接する間は、自分が軍人だとバレたくなかった。

たとえ「狼牙」のラゼ・シェス・オーファンであろうとも怖いものはある。

単純な話。ラゼは自分が軍人だとバレて、彼女たちとの今の関係が壊れることが怖かった。

自分に初めてできた、心を通わせることのできる友達。偽装工作のように、作ろうとして作れるものではない存在は、ラゼにとってはどんな高価な魔石より特別なものだった。

気が付かないうちに、随分とここを気に入っている自分がいた。

――滅多なことで、武功を上げた狼牙だと露呈することはほぼない。

そう思い直すと少し身体が軽くなった気がする。

「うん。頑張ろう。て、あれ？　なんでこんな考えに至ったんだっけ？」

見守り役としてこれからも頑張っていこう、と真面目に前向きになったところで、ラゼは小首を傾(かし)げる。

「グラノーリ〜！」

「あっ！」

そこで自分を呼ぶ声が耳に戻って来て、彼女は現状を思い出す。こっそり視線を訓練場に戻すと、イアンはフォリアを見つけて彼女に話しかけている。

話が脱線しすぎた。全力を出しても狼牙だとバレないとは思ったが、それはあくまで軍人として動く場合だ。学生たち相手に全力を出すわけにはいかないし、イアンを負かしてしまうとスカウトに来る大人の目が面倒だ。

「……今回は取り敢えず、気がつかなかったフリをしよう」

ここは知らなかったフリをして、やり過ごすべきだが、果たして準備期間中逃げ続けることはできるのか……。

そう考えながら踵(きびす)を返したときだった。

「特待生みっけ。こんなところで何してんの？　イアンが探してるけど」

振り向くとそこにいた男子生徒に、ラゼはびくりと肩を震わせる。

こちらに近づいてくる気配は察知していたが、無視されると思っていた。

まさか声をかけられるとは思っていなかったので、上司の息子であるアディス・ラグ・ザースの姿を間近に見て、ラゼは内心非常に驚いていた。

「その……私がここにいたことはナイショということで……」

ラゼはその場を流して立ち去ろうとした。

「待って」

「はい……？」

そこでアディスに引き止められる。

気配を探知してまで自分を探したのだ。何か用があったのかもしれないと、ラゼはじっと彼の言葉を待つ。

「えっと、その、君さ……」

いつも嫌み混じりに話す彼が珍しく歯切れの悪い様子に、彼女は不思議そうに首を傾げる。

アディスは銀色の瞳を泳がせ、引き止めようとして差し出して行き場を失っていた手を頭の後ろに添える。

彼は少しの間口籠(くちごも)ったが、覚悟を決めたようで、真っ直ぐラゼを見つめた。

「変なこと聞くけど」

「……はい」

「君、誰かと婚約したり、とかした？」

「へ？」

思わぬことを聞かれ、ラゼの口からは変な声が出た。

それをアディスは否定的に捉えたのか、すぐに言葉を継ぐ。

「いや。心当たりがないならいいんだ。今のは忘れ――」

「な、なぜそのことを」

「は？」

同じ隊の部下とジュリアスに、酒場に来た人たちしか知らないはずの情報に、ラゼはものすごく気が動転した。

(閣下が私のことを話した？　え、待って。つまり、閣下も私が婚約しようとしたことを知ってるの⁉)

もしかするとアディスはウェルラインから自分のことを聞かされたのではないか。

そもそも、ウェルラインに酒場の騒ぎを知られたかもしれないという事実が、まずい。

ラゼの頭の中は、色々な憶測が錯綜する。

そして、今の会話で驚いたのはラゼだけではなく……。

アディスはみるみるうちに大きな瞳を見開き、ラゼの両肩を掴む。

「何それ。君、どこのどいつと結婚するつもりなわけ？　まさかお金のために結婚するなんて言わないよね？」

これまた珍しく真剣な眼差しに射貫(いぬ)かれて、彼女は直立不動。

「い、いいえ！　婚約を申し込みましたが、結局のところ周りから『落ち着いて考えてくれ』と説得され、婚約の話はなくなってしまいました！」

つい、軍人みたいな報告をしてしまうラゼ。

ジュリアスとの婚約は、仲間たちから「お願いだからもう一度考え直してくれ」と頼み込まれてしまったため、実行に移せていなかった。

「じゃあ、実際は婚約してないってこと？」

「……はい……」

曖昧（あいまい）に首肯するのを見て、アディスの手から力が抜ける。

「……ん？　ちょっと待って。今、『婚約を申し込んだ』って言った？」

「はい」

真面目に返事をしっかりしたラゼ。

アディスはまるで信じられないものを見るような目に変わる。

「君、好きな人なんていたの⁉」

「いえ。訳あって私が婚約したかっただけなので。もちろん、カノジョのことは好きですけど、恋愛対象とはまた違った感情ですかね」

「かのじょ⁉」

「身体的には男性ですけど、心は女性なんですよ。正直、女子力高すぎて、前々からお嫁さんに欲しいとは思ってたんです」

「嫁……」

「ジュリアさん以外、私と婚約してくれそうな人がいなかったんですよ」

「…………」

これればかりは、ラゼの説明の仕方がよろしくなかった。アディスはかなり混乱した様子で、何とか会話の内容を咀嚼（そしゃく）する。

「……つまり君は何かしらの事情で、そのカノジョとやらに婚約を申し込んだが、結局話はなくなったということかな？」

「その通りです」

「ちなみに、その婚約しようと思った理由は？」

ラゼは答えるか一瞬だけ迷ったが、アディスも予言の書を知っているので話しても良いかと口を開く。念のため最近重宝している防音装置も、ポケットの中で作動させる。

「カーナ様が婚約破棄に怯（おび）えていらっしゃるので、先に私がやってしまおうかと思いまして」

乙女ゲームのイベント自体は、詳しい内容が変わったとしても何かしらの形で必ず起こってしまう。このままだと悪役令嬢のカーナが婚約破棄されるというイベントも回避できないので、身代わりとして自分がそのイベントを消費してしまえばいいと考えていた。

「…………」

アディスはじーっとラゼの真面目な眼差しを見た。

「……本気で言ってるね」

「はい。本気で言ってます」

彼はハァとため息をこぼす。

「なんで君はいつもそう、自分のことを大事にしないかな……」

「？」

声色から心配されているような感じは伝わってきたが、どこにそんな要素があったのか分からず、ラゼは疑問符を浮かべる。

前世の記憶でも、婚約破棄どころか離婚なんて珍しいものではないし、破棄するつもりで婚約するのだから心も痛まない。

キョトンとしているラゼに、アディスは頭をかいた。

つい先日、ウェルラインから「庶民で学園に通う子は、長期休みの間に市井に戻ればたくさん婚約を申し込まれそうだよね」と意味深な発言をされたのに加え、同席していたバネッサにも驚いた様子で「もしかして」と呟きながら一瞥（いちべつ）されたのがやけに印象に残っていたアディス。

なかなか行動を起こさない息子を後押しするために、ウェルラインが仕掛けた出来事だった。

アディスが庶民の女子に負けたと知っているバネッサが反応したのだ。思い当たる人物はラゼくらいしかいない。

そんなまさかと思っていたが、まんまと父親の思惑にはまって一向に胸のモヤが晴れない彼が思い切って聞いてみれば結果はこれだ。

尋ねてよかったと思えたが、彼女の危うさには落ち着かない。

「自分一人でなんとかしようと思うなよ。彼女に気を遣わせたくないけど、殿下にも言い辛いなら俺に言えばいい。それくらい協力する」

「え、あ、はい……」

思いがけず優しい言葉をもらえたので、ラゼは面食らった。

「じゃあ。俺はもう行くから」

アディスは物陰から光の当たる場所に出ると「イアン！」と声を張る。

(な!?)

ラゼは居場所をバラされると思い、顔をしかめたが、それも一瞬で。

「打ち合いしない？　相手を探してて」

「お！　いいぞ！」

戦う相手を見つけて、イアンはラゼを呼ぶのをやめた。

動ける場所へと移動する間、アディスがちらりとこちらを見るのが分かる。

(助けてくれたのか……)

彼女は慌てて頭を下げる。

その日、ラゼは初めてアディスがいいやつかもしれないと思うのだった。


準備期間、研究室でやっている実験が失敗したなどと、何かと理由をつけてイアンの誘いをかわし切ったラゼ。大会を迎える前に気疲れしてしまったが、真夏のバトルフェスタはついに明日だ。今日はフォリアが就寝したのを見計らって、ハーレンスと最後の確認をする予定である。

「ラゼちゃんの相手はルカくんかぁ」

既に可愛らしいパジャマに着替えた早寝早起きのフォリアが、寮のベッドの上に座ってそうラゼに呟く。毎日欠かさず書いている日記から視線をあげて、ラゼはちらりとそちらを見た。

「フォリアは三年生とだっけ？」

「うん。三年B組、男子の先輩なの。たしか、マイク先輩だった、かな……？」

「そっか。三年生は気合いが違うからなぁー。お互い苦戦しそうだね」

「うん……。初戦から三年生と試合なのは、すごく緊張しちゃうよ」

枕を抱きしめるフォリアを見かねてラゼは明るく笑い返す。

「大丈夫だよ。どんな結果でも、努力した過程が大切なんだから」

「そ、そうだよね！」

自分が言えたことではないなと心では思いつつ、ラゼは日記帳を閉じるとそれをしまった。

フォリアもそれを合図に枕を置く。

「明日、頑張ろうね。おやすみなさい」

「うん。おやすみ」

挨拶すると部屋を仕切るカーテンを引き、フォリアはベッドに横になる。しばらくして、彼女が夢の中へと誘（いざな）われたのを確認すると、ラゼは私服に着替えてからハーレンスの部屋へと飛んだ。

「来たな」

「お待たせいたしました」

客人用のローテーブルで書類に目を通していたハーレンスが顔をあげる。

明日に支障をきたさないよう、手短に確認しようと言う彼の計らいに感謝して、資料だらけのテーブルの前にあるソファに座ると、ふたりは早速話を始めた。

「今日は、お忙しかったようですね。姿をお見かけしませんでしたが」

「ちょっと厄介なことがあってな。その対応についてウェルラインと会議をしていて、ここを出られなかった」

ハーレンスはよく生徒たちの様子を見に訓練場や武道場を訪れるのだが、今日は姿が見えなかった。

皇上のいる城ではなく軍部に籍を置き、国内外の情報を統制しているウェルラインの名を聞き、ラゼは訝しむ。皇子ルベンとその周りにいる有力貴族の子どもたちについて、何か問題でもあったのだろうか。

「オーファン中佐。今回のバトルフェスタ……優勝してくれないか」

思ってもみないことを言われキョトンとする彼女だが、ハーレンスの表情は真剣だ。

学園の理事長であるハーレンスと宰相のウェルラインが会議をしたと聞いて、学園の責任者と親目線で話でもあったのかと思っていたが、どうやらそんな生温い空気ではないとハーレンスの厳しい眼差しから感じ取る。

「外で何かあったのですか」

ラゼはすぐに表情を引き締めて、彼に問う。

「ああ。実に厄介なんだが」

ハーレンスはため息混じりに、置かれていた資料を差し出す。ラゼは受け取るとすぐに目を通した。

「――先読みの巫女、ですか……」

ラゼは眉間にしわを寄せる。面倒くさそうな、嫌な予感がひしひしと伝わってくる。

そこにはマジェンダ帝国が保護している予言者「先読みの巫女」が、一方的にシアンに予言をもたらしたことが書かれていた。

それも、今後シアンに起こるだろう大事件を予言する前に、信用に足る情報か判別するため、セントリオール皇立魔法学園で行われるバトルフェスタの優勝者を当てると言っているのだ。

何故、冷戦状態にあるマジェンダが、今こんなことを言い出したのか。こちらの領土を欲しているのは長年にもわたる攻防で分かってはいるが、今更歩み寄るような情報提供をしてくるのは訳が分からない。

（「先読みの巫女」を持ち上げて、士気を高めようとでもしているのか？）

今は情報が少ないため、確かなことは判断できない。ラゼは取り敢えず、シアンはその予言を信じる気がないことを理解する。

「ちなみに、誰を優勝させなければいいんでしょうか？」

「……二年A組。ルベン・アンク・ローズベリ」

ラゼは沈黙する。

カーナからもらった予言の書にも、二年のバトルフェスタで彼が優勝すると書いてあったことが、脳裏をよぎった。イアンが一年の冬の大会で優勝するということも、ノートに書かれていたのを知っていたが、そこに危険性がない限りラゼが勝敗を気にすることはなかった。

（わざわざ学園内で起こることを当てようとするなんて、「先読みの巫女」とやらは乙女ゲームを知ってる転生者の可能性がかなり高いな……）

生徒たちが頑張っていれば勝敗に興味などなかったのだが、殿下相手に逆八百長（やおちょう）もどきか。正直、あまり気は乗らないが、彼女は実力を発揮するだけで、不正をする訳ではなかった。

ラゼは困ったような表情で、資料を置いた。

「よろしいんですか？　私なんかが勝って？」

「ウェルラインも了承済みだ。注目を集めることになるかもしれないが、それは『ラゼ・グラノーリ』にだ。身元の偽装は整っているから、調べられても問題はない。そういう心配はしなくていい」

ハーレンスは苦笑する。

「本当はそんな予言など気にせず、生徒たちには全力を尽くして欲しいんだ。それは君も含めて。……勿論、勝った結果、君に面倒なことが起こるだろうってこともわかるんだけどな」

「私のことは問題ありません。それが仕事ですから」

「……そうか」

ラゼは至って当然のことを述べたつもりだったが、ハーレンスの顔は曇った。彼女は根っからの仕事人間なんだなと、常々思う。

年頃の娘が人より勝る力を持って学園に入ることになれば、すぐに力の片鱗などバレて正体を怪しまれるようなことになるかもしれないとハーレンスはラゼの入学当初そう思っていた。今までもラゼほどまでとは言えないが、実力のある学生たちがこの学園に入学し、そしていつかはその力を発揮していたのだ。だが、彼の経験による予測というのは外れ、ラゼ・シェス・オーファンが特待生という学力面以外において学園で注目を集めることは一年経った今もなかった。

「明日からの警備は人員を増やすことになった。君は試合に集中するといい」

「かしこまりました」

目の前で首肯する、どこにでもいそうな少女のラゼ。ハーレンスは未だに彼女が戦場で敵指揮官を討ってきた「首切りの亡霊」と呼ばれる軍人だということに慣れはしなかった。

翌日。

保護者やスカウトに来た大人たちに見守られる中、全学年で行われる夏のトーナメント戦。バトルフェスタが幕開ける。

「ラゼさんとルカの試合ですか。楽しみですね」

「特待生のことだから、いつも通り最初のうちに負けるんじゃゃない？」

「いや。オレ、さっきグラノーリを見かけたけど、いつもと雰囲気が違った。今回はすごい試合が見られるかもしれないぞ」

クロードとアディス、そしてイアンはフィールドに出てきたラゼとルカを見下ろしていた。

その隣では、ルベンとカーナのセットとフォリアが一緒に観戦をしている。

「イアンはこの前の大会から特待生のこと、一目置いてるよな」

「グラノーリがオレに槍のこと教えてくれたんだ。あの人、すごいよ。剣で一戦やってもらったんだけど、あれはかなり鍛えてるぞ？」

「思い返せば、翡翠(ひすい)の宮でも害獣相手に軽々捌(さば)いていました。冒険者業、長いんですかね？」

クロードの推測を聞くと、アディスはため息を吐(つ)く。

「俺もそう思ってギルドでちょっと調べてみたけど、表立った情報はなかった。今回はそうでもなかったけど、長期休みの度に休むどころかクマできるほど働くし。何やってるんだか……」

アディスの呟きに、クロードとイアンは目を丸くする。

「なんだ。アディスはグラノーリのこと嫌いなのかと思ってたけど、そんな風に気にするほど好きだったのか！」

「はっ!?」

嫌いの反対は好き。そんな単純なイアンの他意なきコメント。

しかし、アディスは思ってもみないことを言われて分かりやすくうろたえた。取り乱す姿は珍しく、

「気になったから調べただけだよ。別に特待生のことがどうとかそういうのじゃ……」

クロードは「おや」と思う。

「――あ！　始まるみたいだよ！　ふたりとも頑張れ～！」

運良くフォリアの応援が話を遮り、アディスは口をつぐむ。

彼の耳がほんのり赤くなっていたことは、クロードしか気がついていなかった。

◆

バトルフェスタ優勝。

今までずっと勝つことを避けてきた大舞台で、与えられた任務。

待機室まで届く客席の歓声の中で、実況と解説の放送がはっきり聞こえる。

――うん。調子がいい。今までになく。

周囲の情報がなんの妨げもなく、スッと頭に入ってくるこの感覚。

魔石の起動は、思考で行うものだ。目的以外のことに気を取られれば、魔法にも影響が出る。

今まで、どう目立たずにやり過ごすか、という事ばかり考えていたから、こんなに迷いのない戦闘ができるのは初めてな気がする。

勝ち方は考えてきた。あとは思いっきり力を出せばいい。

冬の大会のように、仮病でただ戦闘を見ているしかなかった時とは違う。

今回は私も、勝敗をかけた勝負を、彼らとできる――。

結局、部下のみんなを脳筋なんて言えるような立場ではなく、こうして戦えることが楽しみなのだから笑ってしまう。

見守るだけなら、生徒たちの勝ち負けに拘(こだわ)りはなかった。でも、自分がその舞台に立って、勝つことを許されたのならば、話は違う。

——早く、やりたい。

胸に闘志が燃えていたけれど、その一方で思考は冷静で。

私は獲物を仕留める前の獣のように、ただ静かに時が来るのを待っていた。

◆

フォリアの声援を合図にアディスやカーナたちがフィールドを見下ろすと、ラゼとルカが対面し礼をしているところだった。

「あら？　ラゼ、武器を持っていないわ」

「本当だ！　いつも模擬剣を持ってるのに。素手で戦うのかな？　それともギリギリまで隠しておきたいとか……？　わたし、ラゼちゃんが組み手してるところなんて見たことないです」

カーナの指摘にフォリアも興味津々である。

「そういえばグラノーリは、ルカの魔法起動を弾いてたな」

「……この試合。もしかすると、もしかするかもしれませんね」

カーナはルベンに答える。

ルカの実力は皆知っているから、ここにいる者の多くは彼が勝つと思っているだろう。

ルカ・フェン・ストレインジの試合は、一方的な中遠距離の攻撃による容赦のないものとなる。

負けたものは皆、彼に指一本触れることも許されずに戦闘不能か棄権に追い込まれるということで有名だった。どんな得意型の魔法が相手でも、有利を取れる相性の魔法で跳ね返してしまうのだ。

彼の多彩な攻撃をなんとか掻い潜って、接近戦に持ち込まなければ勝機はない。

そして、たとえ接近できたとしても、彼が対策をしていないはずもなく、トラップを回避して一撃を狙う必要がある。パワーで押し切ればなんとかなるだろうが、初戦で彼を相手にすることになったラゼ・グラノーリは移動系の使い手で、その小さな身体からは彼の魔法を突破できるだけの力があるようには見えない。

だが、今回のラゼ・グラノーリは一味違う。

ひとつ大きくゴングが鳴り響き、波乱の試合が始まった。

「「え？」」

——一瞬だ。ゴングが鳴り終わった次の一瞬。

「そ、そこまで!!　勝者ラゼ・グラノーリ！」

試合は最速で終わりを告げる。

速すぎて見えなかった戦闘の結果は、舞台の中央から端まで移動したふたりの姿が物語る。

首元に片腕でラリアットを入れられたような形で倒れ込んだ身体を、ラゼの膝の上に受け止められているルカ。彼は自分に何が起こったか分からない、唖然とした顔で空を見つめていた。

勝負の開始とともに魔法を起動しようと思えば、身体に衝撃が走り、気がつけば仰向(あおむ)けに倒されていた。

「すみません。今回は負けられなくて」

そんな呟きとともに上半身を起こされ、ルカはやっと自分が負けたことを理解する。

タイムラグがほぼない魔法起動。一流の芸当だ。

気がついてはいたが、彼女はやはりただものではない。今までずっと、その実力を隠していたのだろう。

「やっぱり、僕は君が嫌いだ」

「…………」

棘のあるルカの言葉に、ラゼは困ったように笑うだけだった。

「な、なんだ今の？」

「誰か、何が起こったのか分かる人いる⁉」

「あの子誰だよ！　初っ端から大番狂わせだ！」

観客はルカの敗北に騒(ざわ)めく。優れた魔法起動で有名なあのルカ・フェン・ストレインジが負けたのだ。生徒だけでなく、保護者席でも声が上がる。

「何だ今のは？」

「まさか不正をしているのではありませんの？」

ラゼが何をしたか分からなかった者たちは、真っ先に彼女の不正を訝しんだ。

本当のところは、ただ単に速く移動してラリアットをかましただけである。

それも本気のスピードではなく、彼女にとっては軽くこなせるレベルの魔法起動でしかない。

本気でやっていれば、首の骨が折れている。

「まあ、わたしはこうなることは予想していたよ。うちのエースなのだから、これくらいはやってもらわないとね」

そんな混乱の渦中にいる彼女を貴賓席から嬉しそうに悠々と紅茶を飲みながら見下ろすのは、ウェルラインだ。護衛の必要なＶＩＰの特別席には有名ホテルの茶菓子が並べられ、シャツにベスト姿の畏まりすぎず緩すぎない夏仕様の服装をしたウェルラインがカップを置いた。

楽しそうに笑っている彼を隣で見ていた、仕事で接待中のスーツ姿の理事長ハーレンスは苦笑した。

「自分の強さをここまで人に悟らせないとは。流石生きる伝説ということか……」

「悟らせないというより、悟られないと言ったほうが正しいかもしれないね。得意型が移動系っていうのが、そもそも性質上分かりづらい。炎や水の魔法なんかは派手で分かりやすいのに。まあ、彼女の場合『移動』っていう範疇を超えてる気がするけど」

ハーレンスは、こんなに楽しそうな友人を見るのは久々だった。前々から思っていたが、ラゼのことを相当気に入っているようである。

「まさか学生の行事に『死神の玩具屋』が手を貸してくれるとはな。噂だと彼は気分屋だと聞いたんだが？」

「あれもうちの牙に惚れ込んでいるんだよ。彼女のためだと言えば、徹夜で仕上げてくれたらしい」

先ほどから美麗なかんばせが色んな笑みをみせるものだから、ハーレンスは落ち着かない。

「……随分と楽しそうだな」

「そうかな？」

「そうよ。ちゃんと息子のことも応援して欲しいわ」

ウェルラインの隣で観戦していた妻バネッサが、ふたりの会話を聞いて肯定する。

彼女は青い髪を編み込んですっきりとまとめ上げ、涼やかなピアスを揺らし、透けるレースが夏らしいワンピースを着ている。そして、その手には扇子を握っていた。

広げると蝶と花が舞うその扇子は、実はラゼからの贈り物だとウェルラインは知っていた。

ウェルラインに気を遣わせるほど自分を気にかけてくれた礼だといって、贈られてきたものだ。

「あなた、アディスが試合に出る時より嬉しそうな顔してる」

「え」

妻に指摘され、ウェルラインは言葉を詰まらせた。息子のことは勿論大事に思っているが、今回のこれは話が別というか……。そう言うバネッサだって、ここぞとばかりにラゼからもらった扇子に似合う服装をわざわざ選んでいたというのに。何と答えれば彼女の機嫌を損ねないのか、思考を巡らす。

そんなウェルラインの様子に、バネッサは吹き出した。

「もうっ。仕方ない人ね……。狼牙ちゃんは特別よ。わたしも彼女のことは、なんだか娘のように思ってるの。勝ち上がっていくのが楽しみね」

「ああ。今回はわたし直属の部下の晴れ舞台だからね」

バネッサの言葉を聞いて、ウェルラインは安心した面持ちで答えたのだが……。

「ええ、そうよ！　晴れ舞台なのよ!?　なのになんでみんな彼女の凄さが分からないのよ！　不正なんてするわけないじゃない。お前らの目は節穴ですか!?　っての！」

「お、落ち着いて。バネッサ」

彼女が身を乗り出す勢いで感情を昂らせるので、ウェルラインが慌てて宥める。

「言ったろう？　わたしはこうなることを予想していたって」

「え？」

彼は悪戯な笑みをハーレンスに向ける。

「宰相殿の言う通りに、ちゃんと準備させてもらったさ」

目が合ったハーレンスは、肩を竦めてみせるのであった。

◆

（殿下とは反対の山にいるからな……。まだまだ勝ち進まないといけないんだけど……）

驚きから疑惑へと雲行きが悪くなる中、ラゼは退場しようとする。

「ラゼ・グラノーリ。少し待て」

が、審判役の先生からそれを止められてしまった。

(不正なんてしてないんですけどぉ……)

これ以上手を抜けと言われても、困ってしまう。真っ当に剣術や体術で勝負を仕掛けて勝ってしまうと、今まで手を抜きまくっていたことがバレバレだ。

前もって準備してきた「先手必勝、一撃必殺の技を生み出したんですぅ〜」という言い訳を早速一試合目から発動するべきなのか……。

ラゼは自分が何をやったか説明して、無実をアピールしてみようかと口を開こうとする。

すると、元気の良いアナウンスが会場に響くのと同時に、ドーム型の結界に覆われたフィールドに複数のスクリーンが浮かび上がった。

『皆さまこんにちは。バトルフェスタ運営からお知らせいたします。今大会より、セントリオール皇立魔法学園では魔導ディスプレイを導入いたしました。大きな画面で試合の見どころをリプレイでお送りいたします！』

「え。聞いてないんですけど」

そんなことは打ち合わせで聞いていないぞ、とラゼは怪訝な顔に変わる。

現れたスクリーンには、ファンタジーを通り越して、ＳＦチックだなという感想を抱く。

「あ！　あれ見ろ！」

「さっきの〈甲の間〉の試合だ！」

（うわっ）

大画面に自分の姿が映し出され、ラゼは顔を引きつらせる。

『〈甲の間〉で行われた試合は、スロー再生をさせていただきます』

非常にゆーっくり再生される動画に、一同が注目していた。

審判の教師がゴングに合わせて腕を振り下ろした後。背景は全く変わらず、ルカの動きにも変化はない。――だが。

「あっ!!」

ルカに向かって真っ直ぐ動き出したラゼを見て、会場のどこかから声が上がる。

スロー再生にもかかわらず動き出した姿は、まるで彼女だけが違う世界で普通に走っているようだった。全く動かない人形のように無防備なルカに形だけの軽ーいラリアットをくらわせた彼女は、その衝撃を流しながら前に進み続け、体勢をずらすと倒れる彼を自分の腿（もも）に乗せるようにして膝をつく。

「…………」

ラゼ・グラノーリがあの一瞬で何をしたのか理解した観客たちは沈黙した。

「試合開始直後に走ってって、ただ技をかけただけ？」

観客の誰かが呟いた通り。ラゼは優しいラリアットでルカを押し倒しただけだ。ただそれを、高速でやっているだけで。

「……オ、オオオッ!!」

静寂に包まれた会場は、一気に沸き起こる。

「まじかよ！」

「移動系って、こんな戦い方できるのか！」

「まさしく先手必勝って感じの戦法だな」

「速すぎでしょ⁉」

あっちこっちから賛美の声が上がり、ラゼは居た堪れない。不正をしていないことが証明されたことはいいが、こんな沢山の人目に晒されるのは好きではなかった。どんな表情でいれば良いか分からないラゼの眉は八の字だ。

（もしかして理事長、こうなることを分かってスクリーンを？　いや、そんなまさかね……）

観客席に視線を移すと、貴賓席にその人の姿を見つける。同じ空間にはウェルラインとバネッサもいて、ラゼは目を見張る。

こちらが見つめていることに気がついたようで、ウェルラインが軽く手を上げた。その様子から何となく、このスクリーンは彼が用意したものではないのかと思い至る。こんな高性能な魔道具を作れそうな人は、セルジオくらいしか思い浮かばなかった。

（……閣下の差し金か。まあ、不正が無いことが証明されたのは良かったのかな……）

「よし。退場していいぞ」

審判役の先生から許可が出ると、自分に集まる視線から逃れるように彼女はフィールドを後にする。

「ラゼ・グラノーリ」

「……はい」

フィールドから出て、室内に入ったところで名前を呼ばれ振り返る。

一緒に退場してラゼの少し後ろを付いてきたルカが苦渋の表情でこちらを見ていた。

「…………」

「あの……何か？」

なかなか次の言葉を発しないルカに尋ねると、彼は目を泳がせた後、観念したのか口を開く。

「魔法起動がここまで速い奴を初めて見た。庶民だけど、そこは認める……」

意外な言葉をかけられて、ラゼは豆鉄砲でも食ったような顔になった。

「なんだよ」

「あ、いや。さっき私のこと嫌いだって言ってたのになぁーと思って」

「……魔法は努力を裏切らない。あそこまで無駄なく魔石の力を引き出せるようになるには、かなりの訓練が必要になる。それが分からないほど僕は馬鹿じゃない」

「は、はぁ……。お褒めにあずかり光栄です……？」

何故こんな状況になったのかいまいち流れが掴めなかった彼女は、小首を傾げる。そんなラゼに、ルカは苛立った様子で言った。

「もう、何なんだよ！　悔しいけど、君とは何回やっても勝てる気がしない。僕だって苦手な体術を補う分、自分なりに魔法を磨いてきたんだ。だから、その歳でそこまでの域に達するには血が滲むような努力が必要になることが嫌でも分かるんだよッ。貴族だろうが庶民だろうがそんな努力をして来た人に、敬意を払うどころか蔑(ないがし)ろにしていた自分がどうしようもないクズに思える！　君のせいだぞ!?」

荒ぶった感情をぶつけられたラゼは、ポカンと口を開ける。

悪口を直接言われたのかと思ったのだが、遠回りに褒めちぎられてはいないか？

(え。ルカ様、すごくいい人じゃん……)

フォリアに振り向いてもらえなくとも、乙女ゲームの攻略対象者のおひとりということらしい。

デレはなくツンツンしっぱなしだが、言っている内容は真面目で真剣だった。

「それは、その。ごめんなさい？」

「違う、何で君が謝ってるんだよ。謝るのは僕のほうで……」

思ったことが溢れるようにして口から出てしまい、ルカは言ってしまった後から、むぐっと口をつぐむ。フォリアのことを思い出してしまったラゼは、ツンデレキャラとしか認識していなかった彼の意外な面白い一面に好感が持ててしまい、少しだけ胸が痛む。

「……ごめん。グラノーリ。今まで嫌な態度を取ったこと、謝らせてくれ……」

(うっ。謝らないでくれっ)

こんなに真摯な性格だとは知らなかった。フォリア以外の庶民には、棘のある典型的な上流階級でプライドの高いキャラクターなのだと思い込んでいた。こうして身分など関係なしに謝ることができる、今のルカの行動は非常にポイントが高い。

フォリアが好きだったろうに、攻略対象者ですらないモルディール卿に先を越されて、同情せずにはいられなかった。

極めつけには「すまなかった」と頭を下げられてしまい、ラゼはギョッとする。

「謝罪は受け取りました！　もう気にしなくていいですよ」

「君は気にしなくても、僕が気にするんだよ」

ルカはふてくされたように、ぼそりと呟く。

「――ストレインジ家では、お金だろうが武力だろうが、力を持つ者はそれを正しく使って民を導かなければならないと教わる。力は隠すものではなく、みんなの導きとなるように掲げられるべきものだ。……だから、グラノーリが今まで実力を隠していたことは、正直良いことだとは思えない」

ラゼが相槌を返すのを見て、彼は続ける。

「優れた能力は、ちゃんと評価されるべきだ」

ルカの瞳は真っ直ぐラゼを捉えていた。そこに先ほどまでの苛立ちはもうない。

これだけは譲れないという宣言に近いその言葉に、彼の信念を感じた気がした。

「――負けるなよ」

「……はい。誰にも負けません」

ぐっと背中を押された気分だった。

ラゼは強く頷いて、試合で勝ち進むことを心で誓う。

今まで軍人として、一方的に敵を倒すだけだった。分かり合えない人とは、そもそも関わろうとも思わなかった。それでも、こうしてぶつかってみれば、肯定はできなくとも理解はし合える。

こんな関係も悪くないな、と。

喧嘩(けんか)というには優しい一方的な会話だったが、高すぎる階級のせいで直接ぶつかってくる人も滅多にいなかったので、真摯に自分と向き合ってくれたルカが嬉しかった。


「あ、ラゼちゃん。ルカくん！」

ラゼとルカは辛(かろ)うじて同じグループにいるので、二人揃って観客席に戻った。

フォリアは興奮がおさまらない様子で、目をキラキラ輝かせて彼らを迎える。

「まんまとしてやられたな。ルカ」

「僕だって油断してたわけじゃないよ……」

ルベンに話しかけられて、ルカはため息混じりに答えた。

「悔しいけど、グラノーリの圧勝。今の僕では勝てる気がしない」

そう言いながら、席につくルカを他のメンバーはもの珍しい顔で見つめる。庶民が貴族の学園にいることをよく思っていない彼が、そんな風にラゼを褒めるとは予想外だったのだ。

ルカは自分に刺さるそんな視線を気にしない素振りで、どんどん進められていく試合を見下ろす。

「ルカにそこまで言わせるとはな」

「やっぱり、ラゼはすごいわ！」

ルベンがしみじみと呟き、カーナは嬉々としてラゼに笑いかけた。

たいしたことをしたつもりは微塵もないが、女神の微笑みにラゼははにかむ。

「ラゼちゃん。模擬剣を持ってなかったのは、最初から速さで勝負をしようと思ってたの？」

「うん。先手必勝、一撃必殺。カッコいいでしょ？」

ラゼは照れ笑いでフォリアに答えた。

「……どうして今年はそんなにやる気満々なわけ？」

そこで落ち着いた声色が横からかかる。

声の主はアディスだった。その瞳はラゼの考えを探るようなものである。

彼の詮索に気がついた彼女は内心ドキリとした。

（この人、勘がいいよね……）

癪（しゃく）だが、アディスの反応には感心する。

今のところ乙女ゲームがどうちゃらを知っているのは、ラゼの他にカーナとルベン、そして彼だけ。

カーナとルベンはふたりの世界でラブラブしてくれているのだが、どうにもアディスはラゼに関することへの警戒心が強い。

ライバル意識を持たれているようなので、行動には気をつけねばならないが、今大会で目立つのはどうにもできない。

「昨年の反省を踏まえて今回は、ちゃんと必殺技を用意してきただけですよ」

適当に理由を述べてみるが、アディスは「ふーん」と含みのある返事をする。

（「先読みの巫女」の予言をへし折るためですとは言えないんだよなぁ）

十中八九、そのマジェンダ帝国にいる巫女とやらは転生者だろうという予想がついていた。わざわざこんな学園のことについて予言するあたり、確実に「乙女ゲームの世界に転生しちゃった！」タイプの人だろう。

それに乗じて、去年の乱入者は帝国からの刺客だという可能性がかなり高くなった。

「必殺技！　カッコいいな！　オレ、グラノーリとやりたい！」

ひとりテンションが高いイアンの言葉に、ラゼはハッと我に返る。

子犬のようにつぶらな瞳を向けてくる彼に、彼女はフッと笑みを溢した。

「負けなければあたりますよ」

ラゼの言葉に、周りは目を見張る。

それは彼女が負けなければなのか、イアンが負けなければなのか……？

どちらのことを言っているのかは、ラゼをよく見ればわかった。彼女の瞳は好戦的に輝き、自信に満ちている。

それは今大会では負けるつもりがないということを示していた。

「ッ……。燃えてきたぁ！」

珍しく挑発的なラゼに、ますますイアンは闘志を燃やす。

そして、彼女の発言に感化されたのは彼だけではない。

アディス、クロードと、ラゼの実力を測りかねる者は静かに彼女と戦う機会を狙っていた。

『おお～～！　〈丁の間〉では、またしても試合開始直後のダウン！　二年生ラゼ・グラノーリが止まらなぁーい!!』

『いやぁー。彼女の何が凄いって、分かっていても止められないってことなんですよね』

会場に響き渡る歓声。実況と解説のアナウンス。熱気に沸くバトルフェスタは佳境を迎えていた。

「やっとベスト十六か」

全校生徒から十六人にまで絞られた選手たち。

ラゼは毎試合、全く同じ戦法でここまで勝ち上がってきた。誰一人として彼女に攻撃をできたものはいない。

(閣下だけならともかく、部下にだらしない試合は見せられないからな。油断はしないようにしないと)

ラゼは観客席をちらりと一瞥し、「彼ら」の姿を見つける。無意識に目元が緩んだが、それも一瞬で。

彼女は視線を元に戻すと、その一身に好奇の視線を受けながら試合会場を出て観客席に戻った。


「今、代表こっち見てなかったか?」

「あ。やっぱり?　オレもそう思ったわ」

そんなラゼの視線に気がついた男性がふたり。

『きゃあ！　さすがラゼ!!　わたしのエンジェル！　今のちゃんと見てた!?　あの子、相手が女の子だったから、ラリアットはしないでお姫様抱っこにしたのよ!?　わたしもされたい！　あなたたち、ちゃんと見てた!?』

「うぉっ……」

いきなりふたりの耳につけられたイヤリング型の魔道具から声が聞こえて、彼らはびくりと肩を震わせた。

「み、見てましたけど、任務とは関係ないことで無線機を使わないでくださいよ。ジュリアさん……」

「まぁまぁ。固いこと言うなよ、クロス。ジュリアは、わざわざオレたちだけの回線を使って喋ってんだから」

軍のオネェさんことジュリアス・ハーレイ少佐に、ラゼの部下クロス・ボナールト大尉、ハルル・ディカード中尉のペアが、それぞれの配置から彼女のことを見守っていた。

ラゼが試合に集中する分、警備に回されたのがクロスとハルルの志願したふたりだったのだ。

一日目に隙を見てラゼに会いに行ったらば、ものすごく驚いた顔をされたものである。誰が見ているかわからないため、それ以上の接触は控えているのだが、何処にいてもラゼが自分たちのことを見つけていることが、彼らはすごく嬉しかったりする。

今回もその索敵能力を買われて会場を見渡せる司令室にいるジュリアと、名家の親戚か兄弟に見えそうな少し値の張るカジュアルな私服で観客席に混ざっていたクロス・ハルルのツーマンセルとの通信は続く。

『そうよね～。見逃すはずないわよね。あ、最後の一言も聞こえた？　「まだやりますか。お姫様」ですって⁉　あの子いつの間にあんなキザなこと覚えたの⁉』

キャーキャー耳元で騒がれてクロスとハルルは眉間にシワを寄せるが、読唇術でラゼの言葉を読み取っていたふたりもその意見には同意する。

「代表が男だったら、この大会は大変なことになっただろうな……」

『何言ってんのよ大尉。女の今でも十分ヤバいわよ。きっと今日で彼女に惚れた子が一気に増えるわ』

「「確かに……」」

クロスとハルルは声を揃えた。

『あなたたち、ラゼの晴れ舞台を生で見られて本当によかったわね！』

「晴れ舞台ねぇ……」

『何よ。何か言いたそうね？』

ハルルが口ごもるのに気がついたジュリアは尋ねる。隣に座っていたクロスも不思議そうな顔だ。

「いや。だって代表、全然本気じゃないから。オレはもっとすごいってことを分かってもらいたいですよ」

ふてくされた表情のハルルに、クロスは苦笑する。

「お前、何だかんだで代表のこと大好きだよな」

「そりゃあ、戦うこと以外の面倒なことさせられるのは嫌だけど、別に代表のことを嫌いになったことはないよ」

代表だって仕事をしてるだけなんだから。とハルルは付け加えた。

ハルルがラゼを嫌っていないことなど、クロスも分かっている。だから「大好きだよな」とからかったのだが、上手く伝わらなかったようだ。他の第五三七大隊の面々から、ラゼに手綱を握られた狂犬なんて言われているが、戦闘狂の自覚はあっても、彼女に心を許しているのが丸わかりだという自覚がないらしい。

クロスはフッと笑みをこぼし、再び口を開く。

「まあ、気持ちは分かる。代表の凄さはあんなものじゃないからな。――でも、それを知ってるのは俺たちだけでいいと思う」

「……オレも自分を厄介だと思うけど、お前はもっとこじらせてるな……」

そして放った言葉に、ハルルは若干引いていた。

『はぁーあ。羨ましい。わたしもラゼと一緒の部隊が良かったわ』

ふたりの会話を聞いていたジュリアがため息を吐く。

『ふたりとも今日の昼休みは警備から外れるのよね？　どっちかでもいいから、わたしのいる部屋に来られる？　ラゼに渡すお弁当を任せたいんだけど』

クロスとハルルはハッとする。

「いいんですか？」

『今日はわたし、昼休みに抜けられないの。……一回くらい一緒にご飯を食べてあげなさいよ。あなたたちの分も用意しておいたから。一応上にも確認したし、ちゃんと変装してるんでしょ？』

ふたりは顔を見合わせると、「ありがとうございます」と口にするのであった。

◆

「グラノーリ！　来たよ！　次はオレとだ!!」

ラゼが観客席に姿を現すと、先に試合を終えていたイアンが真っ先に歩み寄ってくる。

次の彼女の相手はイアン・マッセ・ドルーアだった。

ちなみに乙女ゲームキャストたちで残っているのは、ルベン、イアン、アディス、クロードの四人。

残念ながら、フォリアは二回戦目、カーナは三回戦目で三年生の有力候補に負けている。

「今までのようには勝たせないからな！」

「それは楽しみです」

ラゼはイアンにニッと笑う。勝ち進むにつれ最初から武器を構えて近寄れないように対策を講じる相手がでてきたが、ラゼの高速移動は軌道を最初から決めているものではなく、途中で臨機応変に動きを変えられるので武器は避けることができる。正直、全部同じ勝ち方でそろそろ彼女も飽きてきたところだった。

「……グラノーリの魔法起動の速さに勝てると思えないけど……」

それを聞いていたルカは怪訝な表情だが、イアンは「大丈夫！　策があるから！」と強気である。

『只今より昼休みに入ります。試合のある生徒は、開始十分前までに待機室に集合してください。繰り返します――』

アナウンスが昼休みを知らせると、彼らは顔を見合わせた。

「ラゼちゃん。一緒にご飯食べる？」

気まずい沈黙がやって来る前に、フォリアが口を開く。

カーナやラゼの記憶で言うところの、昔の小学校の運動会での家族団欒(だんらん)昼食タイムみたいなものなので、知人が来ないラゼに気を遣っているのだ。

（今日はジュリアさん、お弁当だけ届けに来てくれるって言ってたんだよね。忙しいだろうに、申し訳ない……）

一年の大会以来、警備に駆り出されるジュリアが必ずお弁当を差し入れてくれる。

カノジョが忙しい時には、お弁当だけ持って一番ご一緒しやすいフォリアと昼食をとっているのだが、出来立てほやほやのカップルを邪魔するのはこちらとしても遠慮したかった。

「あ、知り合いが来てくれるみたいなんだ」

ラゼは優しく笑ってやんわりとそれを断る。

「そっか！　じゃあ、また後でだね」

「うん」

フォリアはそれを聞いて安心した様子。その後、ひとりまたひとりと保護者さま方と合流をしに行った。

残ったのは、ラゼと——アディス。

(閣下たちはまだ貴賓席にいるみたいだけど、何でまだここにいるんだろ?)

ラゼは不思議そうにまだ残っているアディスを見つめる。

「何?」

「え、いや。貴賓席にお父様がいらっしゃるようですけど、行かないのかなーと」

思ったことを口にすると、アディスはハァとため息を吐く。全く呆れられる心当たりがないラゼは首を傾げた。

「君って変なところ、自分に無頓着だよね。もう行こうかと思ってたけど、やっぱり君が知り合いの人とやらと合流できてから行く……」

「え?」

ラゼはきょとんとする。

「庶民の生徒があれだけ目立てば、ひとりでなんかいたら偉い大人たちに捕まるよ?」

「あ……」

ラゼはアディスに指摘されてからしかそのことに気がつけなかったことに落ち込んだ。

言われてみれば、周囲にはスカウトの機を窺(うかが)っている大人たちが、ちらほら。

アディスは、ジュリアが来るまで残ってくれていたのだ。

(閣下の息子さんに気を遣わせていたことに、何で今まで気がつかなかったんだろ!?)

ウェルラインが同じ空間にいるというのに、その息子に迷惑をかけ、昼食の時間を削ってしまったのだ。ラゼは顔を青くする。

「すみません。気を遣わせてしまって。私は大丈夫なのでどうぞご家族の元へ」

「……謝って欲しくてやってるわけじゃないし、そうやって簡単に大丈夫とか言わないで欲しいんだけど……」

いつもであれば彼との会話は腹が立つくらいで済んだのだが、今回は大人たちに捕まったら逃げられそうにはないので、そうもいかない。

自分に非があると思ったラゼは、すみませんと言いそうになるのを飲み込んだ。

「……ありがとうございます。いてくださると助かります……」

彼女はちゃんとアディスに礼を言い、それから自分を見つめる視線をちらりと見やる。

(確かにひとりになったら、面倒くさいことになりそう。助けられちゃったな……)

いや。それで、死神閣下がこのことを知ったらどう思うのかと想像してしまうと、助けられているのか首を絞められているのかよく分からない……。ラゼは複雑な心境だった。

「今日もいつもの人が来るの?」

いつもの人とは、ジュリアのことだ。ラゼは「はい」と答える。

「ジュリアさん、忙しいのに来てくれるんですよね。料理も上手だし、本当に将来お嫁さんに来て欲しいなぁ～」

ぽつりと溢れた本音に、ぎょっとアディスが目を見開く。

「やっぱり君が婚約を申し込んだっていうの、あの人!?」

「あ。気がついてましたか？　そうですよ。カノジョが婚約を結べなかった私の想い人です。恥ずかしいので、カーナ様やフォリアには秘密にしてくださいね？」

アディスは最近、顔を覚えたジュリアのことを脳裏に浮かべる。冗談抜きでラゼより女性らしいカノジョは、それでも男の身体をしており、婚約なんて結べば何が起こるか分からない。

長期休みの合宿で水の都ビーハムに行った時、チャームデザイナーのクオーツから謝礼としてもらったブレスレットを贈った相手だとは分かっていたが、まさか婚約までカノジョに依頼しているとは。

「君、まさか、また婚約しようとか考えてないよね？」

彼は冗談のつもりでラゼに問う。

「んー。それは様子を見てって感じですね」

「…………」

真面目に答える彼女に、アディスは閉口した。

どうやらラゼはまだ婚約破棄計画について、本気で検討しているらしい。

「――ラゼさん！　その話は、もうなしってことになりましたよね!?」

「――へ？」

そこで突如として横から聞き覚えのある声をかけられ、ラゼはハッとそちらを見る。振り返った先には、大きな紙袋を両手に持つ私服姿のクロスと、その後ろにはハルルの姿もあった。

「また犠牲者がでるな……」

「不吉なことを言うな、ハルル」

冗談でもそんなことを言うなとクロスはハルルを睨むが、ハルルはどこ吹く風だ。

「嫁にしたいくらい慕っているご友人から預かってきましたよ～、って」

ハルルはアディスに気がつき、「オレたち警戒されてるみたいだぞ、クロス。どうしよ」と耳打ちする。

弁当が入った袋を持ち上げて見せたハルルを前にして、彼らを知らないアディスが警戒心をあらわにしていたのだ。常に風の魔法を展開し、気配に敏感なアディスは、軍人たち特有の独特なオーラをひしひしと感じ取っていた。

外面を貼り付け社交界モードに入っているようで、表情が硬い。

「知り合い？」

目の笑っていないアディスに尋ねられ、ラゼは慌てて頷く。

「はい。警戒しなくて平気ですよ。仕事でご一緒させてもらってから、仲良くしてくださる仲間です。……ふたりとも、どうしてここに？」

ラゼは椅子から立ち上がると、彼らに歩み寄る。

「一緒にご飯を食べようと思いまして」

「……え⁉　いいの？　無理してない？」

警備で疲れているところ、上官とご飯なんて面倒ではないのかとラゼは不安で尋ねるが「大丈夫ですよ」と、彼らは笑う。

「ジュリアさんがわたしたちの分まで用意してくれたんです」

クロスの言葉を理解したラゼは、今までに見せたことのないような笑みを浮かべる。

「わざわざ？　どうしよう、なんてお礼をしたらいいか……。ふたりとも、来てくれてありがとう。すごく嬉しい」

ちょっと泣きそうなほど喜んでいるラゼに、アディスは目を奪われる。

仲間、いや家族想いなラゼのことを知っているクロスとハルルは、嬉しそうに笑っていた。

ハルルはちょいちょい、とラゼを手招きし、耳を貸すようにジェスチャーする。

「さっきクロスが速攻で街に戻って、代表が食べたがってた期間限定のタルトを買ってきたんですよ」

「本当⁉」

バトルフェスタの開催中は、学園の外と中を簡単には行き来できない。

警備役の特権を使って昼休みに入る少し前に、クロスは皇都に戻ってタルトを買ってきていた。

結果としてアディスとラゼがふたりきりになるまで待たせてしまったが、クロスは買い出しの時間を極限まで短縮するために屋根の上を全速力で走ってここに戻っている。

「ばっちりですよ。これで午後も頑張ってください」

上司との食事を嫌がるどころか差し入れまで準備してくれて、爽やかなクロスの笑みにラゼは感激だ。

「そんなの、めちゃくちゃ頑張れるに決まってるよ！」

仲間を前にして無邪気で無防備な笑みのラゼを見て、アディスには人知れず名状し難い感情が湧き起こっていた。

「……じゃあ、俺はもう行くから」

「あ。ありがとうございました。また後でお礼をさせてください」

「これくらい気にしなくていいから。……次、負けるなよ」

「……はい！」

彼は椅子から立ち上がる。

どうしてだか、早くここから離れたくなった。

アディスは現れた男たちに軽く会釈をすると、いつもより大股で歩き出す。

その後アディスは家族と合流したが、昼食を食べている間にも、胸の内はザワザワと揺れて。

この時ラゼに会いに来た男たちの声に聞き覚えがあったが、彼は知らないフリをした——。

昼食が終わると、ベスト八を決める試合が始まる。明日にも今大会の優勝者が決定する試合日程だ。

そして、ここからは一試合ずつ、会場の中心〈丙の間〉で戦うことになる。観客全員に注目される試合だ。

反対の山にいるルベンをラゼが負かすためには、必然的に決勝まで残る必要がある。

全学年、及び保護者たちから一身に視線を浴びるのは、もう少し辛抱しないといけない。

「グラノーリ。自分で言うのもなんだけど、オレ、結構諦め悪いから」

「……？　はい」

会場で向かい合ったイアンに言われ、彼女は眉をひそめた。乙女ゲームクオリティなので、攻略対象者たちがいいところまで勝ち上がってくるのは、何となく分かっているラゼ。それでもやはり、実際相手にすると彼らが他の学生とはひと味違うこともまた分かっていた。

「いい試合をしよう！」

「はい」

ふたりは試合前の挨拶を交わすと、好きな位置に構える。

さっきまでフレンドリーな笑みを見せていたイアンは、スイッチが入ったのか隙のない目つきに変わった。槍をその手に携えた彼のまとうオーラに、ラゼの口角は少し上がる。

準備ができた審判たちが全員挙手すると、ついに開始のゴングが鳴った――。

勝敗を分ける一瞬。

ラゼは高速移動で直進し、イアンに技をかける。近づいた彼からは「ま」という音が聞こえた気がした。衝撃を和らげるためなのか、開始と同時にイアンは身体を後ろに引いたようだったが、それだけではラゼにとって何の障害にもならない。

「…………」

秘策があると聞いていたのだが、これまでと同じように倒れていくイアンに思わずラゼは眉をひそめる。それは期待を裏切られた、そんな表情でもあった。

「そこま――」

審判もイアンが地面に倒れるのを認知し、終わりを告げようとする。

――しかし。

「――だやれます!!」

仰向けに倒されながら、イアンがそう言い切った。彼は技を一段落させたラゼを振り払うように回し蹴りをし、素早く抜け出す。

「いや〜。やっぱり速いな！　来るって分かってても、速すぎて見えなかった！」

(さ、策って……)

ラゼはかなり拍子抜けした顔になりながら、パッと距離を取り直した。

どうやらさっき気のせいかと思った「ま」の一音は、「まだやれます」の「ま」だったらしい。

始まる瞬間からそんなことを言っていたとは驚きだ。

「技、受けちゃうんですね。そして諦め悪いってそういうことですか……。確かに審判が試合を止めるか、参りましたって言うと勝敗が決まるルールですけど……」

秘策も何もあったものではない。

でも、ちらりと横目に見た審判の、何もなかったような顔には「続行」と書かれている。

「まだ負けてないぞ？　だってオレ無傷だし」

まあ、彼の思い通りになったという点では、その作戦は成功なのだろう。流石パワー系元気キャラクターとでも言っておこうか。……一応、褒め言葉である。

イアンは次はこちらの番だと言わんばかりに、ラゼに向かって槍を振るってくる。彼女はそれを軽い身のこなしで避けたが、彼の攻撃は休みない。

『なんと!! イアン・マッセ・ドルーア選手が、あの一撃必殺のラゼ・グラノーリ選手に怒濤の猛追！』

『なかなか思い切った行動でしたね。彼女に倒されて審判に判定をくだされる選手が多いなか、それを止めてしまうという……。考えたとしても、それを行動に移すことは普通できないことです。その勇気に、拍手を送りたいですね』

『そうですね。彼からは何度倒れても身体が動く限りやるぞっていう強い意志を感じます。さて、思わぬ反撃を食らったラゼ・グラノーリ選手がどう出るか見どころです！』

そんな実況を聴きながら、ラゼはイアンの攻撃を避け続ける。

(これはちゃんと戦闘不能にしないと、負けを認めてくれないタイプだな)

ビュンと、彼女の腹の前に風を切る音が聞こえた。

今回、ラゼの攻撃が審判から認められなかったのは、イアンが技を抜け出したとみなされたからだ。相手に全く傷を負わせず、負けを強要するような勝ち方なので、こんなことも起こりうるだろうとは、ラゼもわかってはいた。だが、まさか実際にやってくる人がいるとは思っていなかったのだ。

見方によれば、彼の行動は負けを認めない愚行だとも言われるだろう。

頑なに負けを認めない場合には、審判が試合を終わらせるが、そこまでするのは恥さらしとも言われてしまう。

だから、実況者と解説者が言うように、イアンがやったことはかなり勇気のいることだったし、ラゼも驚いて二撃目のタイミングを逃していた。

(魔法を起動させないつもりか)

冬の大会で学年一位を獲得しているイアンの槍術を、ただ肉体強化するだけでかわし続けるのは厳しいところがある。

勿論、このくらいの突きならば避けるまでもなく、空間移動でもして彼の背後をとれば終わりだ。

しかし今大会で、ラゼは空間を飛ばしてA地点からB地点まで行くような魔法は一度たりとも使っていない。言うなれば、動く点Pとして、線上を一定のスピードで走り切るということしかしていなかった。次元を超えすぎる魔法は自粛したい。

(空間移動は応用が利きすぎるから、あまり使いたくないんだよな)

武器なしで入場してしまった彼女は、どうしたものかなと考える。

『ドルーア選手の攻撃が止まらなーい！　これにはグラノーリ選手得意の移動魔法も追いつかないのかぁ!?』

『移動魔法は一般的にも使用される魔法ですが、向かった先によっては自ら窮地に飛び込んでしまうリスクを伴うものですからね。慎重な判断が常に求められます』

実況で言われていることは、イアンも承知の上で攻撃が変則的になるように繰り出されているところだ。

気をつけなくてはいけないのは、自分は平気だと思っていても、審判に危険だと判断されて試合を終了させられる可能性。武器を持っていない自分の方が、今は不利に見られていると思ったほうがいい。

（……武器、もらうか）

武力の象徴である武器を持ったほうが分かりやすそうだ。

イアンの連撃は今も続いていたが、ラゼはヌッと身体を前に出し、それを掴む。

「ちょっと借りますね」

「ッ⁉」

自分のテリトリーであるはずの間合いを、簡単に詰められてギョッとしたのはイアンだった。

ラゼが掴んだのは、言わずもがな彼の短槍。

試合用に穂先は刃物ではないが、当たれば骨が折れるかもしれないのになんの躊躇(ちゅうちょ)もなく彼女は槍を掴みにきた。

咄嗟(とっさ)にイアンは槍を振り上げようとしたが、ラゼはそれを許さない。

左脇に槍を挟み、身体強化で握力増し増しな両手でしっかりそれを掴むと、全身の力を上手く使って回転するようにイアンの腕から槍を抜き去る。

接近したまま左回転させた背中でイアンを押し、左足を前に出せば半身になる。そうすると小脇に挟んだ槍の穂先がイアンの身体に当たりそうなので、左手は彼の左肩を掴み、右手に持った槍は一回

転させて上に構える。

「そこまで!!」

槍は急所を確実に定めており、審判から止めの合図が下された。

最終的なラゼは、上体だけみるとまるで歌舞伎の見得をアレンジしたようなポージングである。

彼女は自分の勝利が決まってから、イアンから手を離し、槍を下ろした。

「お返しします」

ラゼに差し出された槍を受け取れば、彼はハァとため息を吐く。

「やっぱりグラノーリは強いな。一撃もあたらないし……。武器持ってない分、ハンデだと思ってたんだけど考えが甘かったみたいだ」

言葉こそ悔しさが滲んではいるものの、やっと彼女と一戦交えることができたからかイアンはどこかスッキリしたような面持ちでもあった。

◆

「ついに『良い子はおやすみラリアット』から起床する子が出たな」

「もっと他の言い方はなかったのか。ハルル？」

「え。わかんねぇ？　オレはかなり分かりやすいと思うんだけど……。ちなみに任務だったら二度と覚めない『おやすみ』だぞ」

クロスの怪訝な表情に、ハルルは苦笑しながら言った。

『あはは。言いたいことはわかるわよ。形だけのラリアットで生徒たちを仰向けにするのと、ガチとでは破壊力がまさしく天と地の差よね』

ふたりのやり取りを聞いていたジュリアは無線機の向こうで軽快に笑っている。

『でも、骨のある坊ちゃんもいて良かったわ。流石は金の卵よね』

「そうですね。俺もなりふり構わず食らいつこうとするのは、嫌いじゃないです」

イアンが倒されても尚、戦意を喪失しなかったのを見てジュリアが褒めると、クロスがそう答える。

「そうか？　だからって、オレはゼルヒデみたいなのは勘弁だな」

ハルルは、合同訓練でボロボロに負かした第三〇二特攻大隊を率いるゼルヒデ・ニット・オルサーニャ中佐のことを思い浮かべた。

「それとは話が別だろ。俺は彼は何となくお前に似てると思うぞ」

「え。マジ？」

「ああ。代表と戦いたがる感じが似てる。彼、うちに来ないかな。他の面子(メンツ)とも気が合いそうだ」

「…………」

図星を突かれ、ハルルは黙る。

『ふふ。まあ、あの子もそろそろ飽きて来てるだろうし、たまにはこういう刺激もいいんじゃない？

見て。あの顔は結構驚いてるわよ』

「そうみたいですね」

クロスはちょうど、スクリーンに映ったラゼの表情を見て同意した。

ハルル命名「良い子はおやすみラリアット」は無効になってしまったものの、ラゼがしっかり勝利をおさめたのを見て、彼らは顔を見合わせる。

「なんつーか。ここまで来ると、寧ろ代表が苦戦するところとかみたいな」

「不吉なこと言うなよ……」

「冗談だよ、冗談」

ハルルが言うと全く冗談に聞こえないのは、きっと気のせいなどではない。クロスがじとーっと睨むと、彼は肩を竦めた。

「いや、でもまあ、ホントのところ。代表が凄すぎて見てるやつ全員腰抜かすようなのをオレは見たいな」

クロスはうんんと唸る。真剣に想像を働かせてみたが、とんでもないことでも起きない限り、ラゼが表舞台に出て暴れ回ることはないように思えた。

「……それは。難しいんじゃないか?」

「ま。そうだよな。そんな場面があっても、代表、速すぎて普通のやつには何が起こってるか分かんないだろ」

「はっ。それは違いないな」

その様子が上手く想像できるものだから、ハルルとクロスは笑い合う。

部下にそんなことを言われているとは知らないラゼはその時、観客席に戻って満面の笑みで残っていた差し入れのタルトを頬張っているのであった。

◆

イアンとの試合が終わると、次に駒を進めたのはラゼ、クロード、アディス、ルベンである。他に残っているのは全員三年生だ。

ラゼとクロードは同じ山だが、アディスとルベンは逆の山にいるため、彼女が戦うことになる攻略対象者はあと二人。

（殿下とアディス様が当たるか。まあ、アディス様は今まで殿下の顔を立たせてきたし、乙女ゲームのシナリオ的にも順調に殿下が勝ち上がってくるでしょ）

ラゼは対戦表を見ながら決勝の心算をする。まあ、そうはいっても理事長ハーレンスからも優勝してくれと言われているので、負ける気などさらさらない。

彼女は三年生と一試合挟んでから、準決勝でクロードとぶつかることになる。

そしてその後には、同じく決勝をかけてルベンとアディスがあいまみえることとなっていた。

◆

「もう準決勝か。残ってるのが、みんな二年生って……。さすが晴蘭(せいらん)生まれの金の卵だな。全学生のトーナメントって言うから暇を持て余すと思ってたけど、案外あっという間だった」

観客席に紛れたラゼの部下――ハルルは、隣に座っているクロスに言った。

「そうだな。まあ、代表が勝ち残ってるから飽きないいんじゃないか」

クロスがそう答えると、ハルルは笑う。

「ことごとく、良い子はおやすみラリアットでさよならしてるけどな」

「そうだけど、さっきは違ったろ？　準決勝にもなれば、違う技も見られると思うけどな」

クロスは会場に出てきたラゼを見下ろす。

戦場では硬い表情で、誰も死なせはしないと他人のことまで気を回して戦うオーファン中佐はそこにはいない。学園で勉学に励む十七歳の真面目な少女だ。

ここにいる何人の人物が、彼女がこの国を代表するような強さをもつ軍人だと分かっているだろうか。きっと「狼牙」という存在を知ってはいても、彼女と結びつけるようなことはできないはずだ。

それが彼女の強みでもあるのだが、今大会でスカウト目当てに来ている大人たちがラゼを引き抜こうとマークしている視線は、クロスにとっては不愉快だった。

「代表、卒業したらちゃんと戻ってくるよな……」

ぽつりと言葉がこぼれ落ちる。ハルルが面食らった顔で瞠目(どうもく)するので、思ったことが口に出てしまったことに彼は気がつく。

「あ、いや――」

何とかその場を誤魔化そうとするが、口籠って上手く言葉は出てこない。別に咎められるようなことは言っていないはずだったが、今言ってしまったことは何かいけないもののことのようで、クロスは自分に戸惑った。

「どうだろうな。わかんねーよ、オレたちには。ここにいても代表は楽しそうだし。まあ、いなくなったらなったで、誰も座れない特等席は空くけどな」

口ではおちゃらけてみせたハルルだが、彼はどこかつまらなそうに足を組んでスクリーンを見つめる。

ラゼはクロードと対面し、「お手柔らかに」と言われて、にっこり「こちらこそ」と言い返すところだった。

そんな食えない笑みをたたえて挨拶を交わすと、ふたりは位置につく。もう何試合とこうしてフィールドで相手と対面しているので、どちらも慣れた様子で自然体に構えていた。

「お。どーやら今回も、おねんねしなくて済みそうだぜ？」

あることに気がついたハルルは背もたれに預けていた身体を前のめりにする。

ハルルから視線を離して、クロスもそちらに注目した。

「……結構、試合のルールに抜け穴があるみたいだな」

何のことか分かった彼も目を鋭くした。

ふたりの視線はクロード・オル・レザイアの足元に向いている。

「今まで、代表みたいな勝ち方するやつがいなかったってことだろ。今後の大会は、あの子みたいな戦法も多用されるんじゃねぇ？」

「すごいな。もしかしたら、『対グラノーリ流』とか言われるかもしれないってことか？」

「お前、人に文句言う割にネーミングセンスないな」

「………」

痛いところを突かれて、クロスはグッと口をつぐむ。

「ハハッ。まあ、どうであれ、あの人はどこにいても歴史を作るんだな」

ハルルは楽しそうに肩を揺らして笑った。

「影の使い手か。執事長の息子だったら裏の仕事もしてるかもな。結構いい勝負になるんじゃないか？」

「それでもうちの代表が一番だけどな」

ハルルの一言に、クロスは目を丸くする。

「誰が何と言おうと、今あの人はオレたちの代表だろ？」と得意気に付け加えるハルル。

「それもそうだな」

これはかりは相棒に同意して、クロスも笑い返すのだった。

◆

準決勝の舞台が整うと、審判が準備完了の合図に手をあげる。祭りの終盤に差し掛かった闘技場は静まり、皆試合に熱い視線を注いでいる。

ここまで残った全員が二年生になるとは、一体誰が予想しただろうか。

決して、三年生が弱かったわけではない。彼らが異常に強いのだ。それは全員に当てはまるものではない占いだと分かっていても、思わず「晴蘭の年」に生まれたことを羨ましく感じてしまうほど。

特に注目されているのは、特待生で入学している庶民のラゼ・グラノーリ。それは彼女の戦闘スタイルが先手必勝・一撃必殺で、瞬きする暇さえ与えてくれないという理由もある。

果たしてこの女子生徒はどこまで勝ち進んでしまうのか。皆、その行く先を見守っている。

その中にはスカウトに来たお偉いサマたちも、来年に向けて目を光らせている。庶民で優秀な生徒は一番の拾いものだ。騎士、冒険者、護衛。害獣なんて人を襲う生物がいるこの世の中では、戦闘に優れた人材はとにかく重宝される。そしてラゼは貴族と違って余計な気遣いもいらないので、彼らにとっては非常に得難い人材なのである。

（これが終わったら決勝か）

そんな期待の眼差しを受けることにも大分慣れてきたラゼ。彼女はちらりと、自分たちの試合を見るために待機室から出てきて入場口からこちらを見ているルベンとアディスを見た。

（殿下を倒せる機会なんて、もう二度とないかもな）

日頃お世話になっている閣下の息子殿を倒せないのは残念だが、将来のビッグファーザーである皇子殿下を相手にするのも恐れ多い。対戦する生徒の皆様に怪我を負わせないという目標を今一度胸に刻み、ラゼは集中する。

今相手をしなくてはならないのは、乙女ゲームの攻略対象者であり、ルベンの側仕えでもあり、そして裏では暗殺業なんてものを営んでいらっしゃるクロードだ。

（影の魔法。厄介なんだよねー……）

部下が気がつくことに、ラゼが気がつかないわけもなく。彼女は空を見上げて、今日はぷかぷか雲が泳いでいるお天気なことを確認する。

「いい天気だな～」

ラゼはどうしたものかと空を仰いだまま。

戦闘開始のゴングは、打ち鳴らされた。

「おっと。あっぶない」

今回ラゼは、ラリアットをかましにクロードへは突っ込まなかった。

その代わり、彼女は突然背後に現れたクロードが手刀を落とそうとするのを軽く避ける。

「やっぱり、気がついてましたか」

技を避けられたクロードはそう呟いた。

『おっとお！　これは一体どういうことでしょう！　今まで一気に相手との距離を詰めていたのはグラノーリ選手だったはずですが、今回最初に技を仕掛けに行ったのはレザイア選手です！』

『あれは影の得意型で有名な「影飛び」という魔法です。影と影の間を移動することができるかなり難易度の高い魔法起動ですよ。まさかこの歳にしてマスターしている選手がいるとは驚きですね』

『「影飛び」ですか……。今まではこの能力を温存していたみたいですね。まさか、グラノーリ選手を越える速さで間合いを詰めてしまうとは!?』

実況解説によって、クロードが何をしたかは会場に知れ渡る。

観客席にいるカーナ、フォリア、ルカ、イアンの四人は、クロードが本気でラゼを倒しに行っていることに気がついて目を見張った。

「やるな、クロード」

イアンが目をギラギラ輝かせる。今日にでも試合を申し込みそうな勢いだ。

「ラゼが最初に攻撃しなかったのは、初めてではないかしら？」

「そうですよね！」

フォリアがカーナに頷くと、先ほどからその隣で考え込んでいたルカがスクリーンの再生を見てハッとする。

「そういうことか。おかしいと思ったんだ」

彼の一言が聞こえて、フォリアはキョトンと首を傾げた。

「どうかしたんですか？」

「クロードが何でグラノーリの魔石起動の速さに勝てたのか、理由がわかった」

「え？　今回はクロード様がラゼちゃんより速かったってことじゃないんですか？」

「違うよ。ここにいる学生じゃ、誰もグラノーリの魔石起動スピードには勝てない。初速が違いすぎる」

「言われてみれば、そうだな」

イアンも身をもってラゼの高速移動を体感しているので、避けようとしても避けられないし、魔石を起動して防御しようとすることすら間に合わないことを分かっている。

「じゃあ、何でクロードはグラノーリにやられる前に、影飛びができたんだ？」

「簡単だよ。試合が始まる前から魔石を起動しておけばいい」

「「え？」」

思わぬ回答に驚きの声が揃う。

「それって、アリなのか？」

「アリなんじゃない？　戦闘開始の合図で、攻撃をしていいってルールだから。『位置について、よーい、どん』っていうので、最初から試合は始まってるって見なすのと同じことだよ。実際、誰も魔石を起動して構えていたらダメなんて言ってない」

「……型破りだな」

「それ、イアンが言う？」

ルカは呆れたように肩を竦める。イアンの試合が終わった後、クロードが試合のルールを見直して何か考え込んでいたのは、これを考えていたからだろう。ともすれば、彼を触発したのはイアンということになるはずだ。

「準備しておけば、魔法を発動するのにタイムラグは生まれない。グラノーリに対抗するにはいい案だと思うよ。っていうか、グラノーリが速すぎるから、こんな裏技が必要になったんだろうけど」

学生同士の試合で、本来なら必要ではない戦法。だからこそ今まで、誰も気がつかなかったのだろう。

ルカの指摘は尤もで、「魔法を発動するための魔石起動」という根本的な基礎能力には、ここまで差が出るはずはなかったのだ。

ラゼ・グラノーリが、バルーダなんていうこの大陸ですらない魔物たちの住処で先陣を切って進む経験値を蓄えているものだから、今回のような事態が起こってしまった。

これには貴賓室で観戦していた宰相ウェルラインは苦笑し、理事長であるハーレンスは今後の大会ではルールの見直しが必要そうだと頭をかく。

「余裕ですね。裏では、これを避けられたことは滅多にないんですよ」

裏とはつまり暗殺のことで。クロードの言葉にラゼは頬を引きつらせる。

（本職の人が、殺す気できてる……）

別にこれくらいの攻撃なら、避けるまでもなく受け止めることも彼女には可能だ。加えて言えば、彼の影飛びより速く空間移動ができる自信もある。しかし、あまりやりすぎるのも良くないし、何より、そうすると試合がつまらなくなってしまう。

「いいね。面白くなってきた」

ラゼの口元が、楽しそうに弧を描く。

「ッ！」

身の毛がよだちクロードは彼女から飛び退いたが、ラゼはそれを追いかける。

「そうだ。これ、借りときますね。――練習用なのに結構、使い古されてますね？」

ラゼはそう呟きながら、試合用の刃が潰れたナイフを振るう。

それが自分の服の下に隠していた暗器だと気がつき、クロードはゾッとした。あの手刀を振り下ろそうとした一瞬で盗られた。そうとしか考えられない。

言われるまで気がつかなかった自分にも彼は動揺したが、ポーカーフェイスはそのままだ。

――彼女と勝負したい。勝ちたい。

ラゼと試合をしたかったのは、イアンだけではなかった。彼女と同じように裏家業で暗殺者なんてやっているクロードが、実技の大会で本気を出すことはない。実力を発揮して相手を傷つけてしまうのが嫌だったし、仕えているルベンより目立っては困る。

しかし、クロードは今までのラゼの戦いやイアンとの一戦を見て、自分も彼女と戦ってみたいという感情に突き動かされていた。この準決勝を勝ち上がってしまえば、ルベンと決勝で戦うことになるかもしれないということは承知している。だが、それでも自分の力を出し惜しみしては、ラゼには勝てないと、これまで格上を相手にだって暗殺を成功させてきたクロードの第六感が告げていた。

戦闘に関係ないことを、考えている余裕なんてない。

今はラゼとの勝負に集中する。勿論、勝つつもりで。

彼女の攻撃を避けながら、袖に隠していた小型のナイフを四方に飛ばす。ラゼに全く当たらないが、それも想定の範囲内。影飛びは小さくても影がある場所にならどこにでも移動できる便利な能力だ。

クロードはナイフが地面に刺さってできた影に、影飛びで移動する。

(移動系って、私の専売特許ってわけにはいかないところが残念なんだよねぇ……)

飛んだ位置に刺さったナイフを彼から投げられて、ラゼはそれを避けながら思わずため息を吐く。

これだから地味な得意型は嫌になってしまう。

(困ったな。これだと私の面子が丸潰れだよ)

何で私よりかっこよく移動してくれちゃってるんだと、彼女は珍しく不満な顔である。

「ちょっとだけ、張り切っちゃおうか」

四方八方から飛んでくるナイフをひらひらかわすと、反撃に出た。

影の中から、ぼこりと黒い泉が湧くように現れるクロードを、モグラ叩きのごとく叩きに行く。

「なっ！」

影から出てきたらラゼがいるものだから、クロードは瞬時に他の影に飛ぶ。

しかし、その先にもナイフを構えたラゼはいる。どこに飛んでもラゼに追いかけられ、クロードは影の中に隠れた。潜伏した影を攻撃されるとダメージは自分に返ってくるので注意はいるが、何処にいるかは分からないはず。

そう思った矢先、彼女は全てを悟った動作で、クロードがいるナイフの影を狙ってナイフを投げた。

咄嗟に彼は目に入ったナイフの影に飛ぶ。

「終わりですね」

するとその影の前に移動したラゼが、そう言った。クロードは次の影に移動しようとして、ハッとする。

「ナイフが……」

——ない。

地面に向けて何本も放ったナイフが、どこにもなかった。

ラゼはにっこり笑って、両手に持った小型ナイフをカードのように広げる。

一体いつ、それを回収したのか。

影を飛び回っていたクロードには、まるで分からなかった。

ただ、もう小細工は通用しないことだけは分かる。

彼は最後の足掻きにラゼの影へと飛ぶが、彼女のほうが一枚上手で。

気がつけば首元に自分の暗器が押し付けられていた。

「そこまで!!」

審判の判定でラゼの決勝進出が決まる。

彼女はクロードからナイフを離す。

「……結構、本気だったんですが……」

持っていたナイフを慣れた手つきでくるりと回転させれば、彼は困ったように眉をひそめた。

「あれを日常生活で不意にやられたら、ひとたまりもないですよ」

ラゼも奇襲が得意なので、クロードの戦闘スタイルの怖さを理解している。

どんなに強い相手でも、無防備な瞬間を狙えば倒せる。殺しをするための能力だけを見れば、クロードだってラゼのように武功をあげることができるかもしれない。

彼を見ていると、なんとなく軍に入ったばかりの自分を思い出す。

畑は違うが、親近感のある境遇のクロードには、これからもルベンの隣で生き抜いて欲しいものだ。

「強いですよ。クロードくん。夜の市街地戦だったら私でも苦戦したかもしれません。流石、殿下の右腕です」

ラゼは向き合ったクロードに、彼のナイフを差し出す。

クロードはラゼの言葉に瞠目した後、使い古した練習用のナイフをじっと見つめた。

「……誰かに、戦い方を褒められて嬉しいと思えるのは初めてです……」

彼はしみじみと言う。イアンのような正々堂々とした騎士らしい戦闘なら評価も高いが、影に生きる自分の戦い方は嫌われる。まるで蛇のようにねちっこい、なんて悪口を言われるのが普通だった。

「そうなんですか？　もっと自信を持っていいと思いますよ」

クロードがそんな評価を受けてきたことを知らないラゼは、意外そうに目を丸くする。

暗殺となると誰かに評価されるような機会は少ないのかもしれないと思い、彼女は笑った。

「私も移動魔法で一撃必殺を狙うタイプですから。クロードくんの戦い方、好きです。また今度、勝負しましょう」

「……！　はい！　次はもっと追いつめてみせます」

学園にいる間、きっと彼とはまた戦える機会もあるだろう。

ラゼはにっこりはにかんで、クロードも彼女に負けた後ではあったが挑戦的な笑みを浮かべていた。

その数十分後、ラゼの顔から表情が抜け落ちる。

ラゼとクロードの試合の後に行われた、もうひとつの準決勝。

『おおっとぉ！　ここで試合終了!!　決勝に駒を進めたのは――アディス・ラグ・ザース選手です!!』

『今年のバトルフェスタの頂点を決める試合は両者共にまだ二年生！　今大会一番注目のダークホース、移動魔法の使い手ラゼ・グラノーリ選手と、風の鎧をまとう青の貴公子ことアディス・ラグ・ザース選手の対戦となりました！』

ラゼはスクリーンに浮かび上がる、自分の名前と相手の名前を見てポカンとする。

「――へ？」

想定外の対戦相手を知った彼女が、間の抜けた顔をしていたことは言うまでもない。

「……強く当てた。ごめん……」

アディスは勝利したにもかかわらず、ばつの悪い顔でルベンに手を差し伸べた。

かなり厳しい剣の打ち合いでルベンに勝利を収めたあと、今までずっと争うことを避けていた人を負かした事実と向き合うことになり、彼は困惑していたのだ。最初から勝つ気持ちでいたはずなのに、実際勝ってみれば煮え切らない感情に苛まれる。

アディスと幼いときから一緒に遊んだ仲であるルベンは、彼のそんな心中を悟ったのか、差し出された手を強く握ると勢いよく立ち上がった。

「やっと本気で戦えたな」

「！」

彼は負けたにしては清々しい面持ちで。

その一言には勝敗よりも、こうして本気で戦えたことの方が嬉しいという思いが込められていた。

そこでやっとアディスは友であるルベンから一方的に距離を置いていたことを自覚し、言葉を失う。

「楽しかった。次は負けないぞ」

ルベンから楽しかったと言われたのは、果たしていつぶりだろうか。

彼がこの国の皇子で、自分は宰相の息子で。でも、その前に自分たちは友であったはずなのに。学生の今だからこそ公に許されている友人としての交流を無視し、先ばかりを見て大事なことを見落としていたのではないか。

アディスは少し考えた後、困惑していた顔に笑みを浮かべ、

「次も俺が勝つよ」

そう答えた。

ルベンは一瞬目を丸くしたが、どこか吹っ切れた様子のアディスに笑う。

「その前にグラノーリを何とかしないとな。策はあるのか？」

「一応はね」

「彼女も今まで手を抜いていたのがバレバレだな」

「でも特待生は多分、まだ実力の半分も出してない。翡翠の宮からビーハムまで二人も連れて転移できるだけの能力があるってこと、俺は忘れてないよ」

あの時カーナに夢中だったルベンは、アディスの指摘に目を見開いた。

そうだ。あの女子生徒は、得意型が移動とはいえかなりの距離を難なく転移できるだけの力がある。やろうと思えば、軌道も残さず相手の背後を取ることなど簡単なはずだ。

つまり、誰にも追いつけない魔石起動のスピードに、一瞬で試合を終わらせることができる転移を使えば、彼女はもっと容易に試合を終わらせることができるということ。となれば、このバトルフェスタという場において彼女に勝てる者など誰もいない。

「……本当に何者なんだろうな」

「さあね。まあ、平民でセントリオールに特待生として入学できたって時点で、普通の女の子ではないことは分かってたんじゃない？」

「確かにな」

ふたりは隣の間にいる小さな少女を見る。

裏では王族のために暗殺にも手を染めているクロードを、負かしてみせる彼女は普通じゃない。

アディスは一度剣を交えた時のことを思い出す。同い年の、それも肉体的に力が劣るはずの女子に圧倒されたのはあれが初めてだった。

冒険者として活動していたことを知ったが、それだけの説明で収まるような力量には思えない。

アディスが初めてラゼと模擬剣を交えることになった時に理事長ハーレンスが引き抜いてきたと言っていたことも、かなり引っかかる。

「すごく今更だけど、殿下は彼女のこと何も聞かされてないんだよね」

「ああ。護衛役にはクロードがいるからな。……あまり深読みすると嵌るぞ。お前は疑うとすぐに壁を作るから。フォリア嬢だって平民だ。中にはそういう人もいる」

そういう人、とは平民でも能力に優れたものがいるということだ。

アディスも冒険者ギルドに出入りするようになって、自分よりも小さな子どもが生きるために戦うことを生業にしているのを実際に目にしたときは衝撃を受けた。貴族である自分は、恵まれた環境で勉学を修めることができているが、そうでない子どもはあんな幼い時から自分の身体を資本に働いているのだ。

全く生まれを匂わせないが、ラゼ・グラノーリもそうした環境で育ちここまで成り上がって来たのかもしれない。

現に、彼女が保護者らしき人物を連れてきたことは一度もない。見たことのある大人は、見るからに仕事で知り合ったような、良い意味でも悪い意味でも生活感がない人ばかりだ。

アディスの脳裏に、クロスとハルルが現れた時に見せたラゼの心から嬉しさのにじんだ笑みが浮かぶ。

自分の知らない一面を見ただけで、どうしてこんなにも胸騒ぎがするのだろうか。

彼は自分の心も、彼女の過去もまだ知らない。

◆

（ええッ。何であなたが勝ってるんですかぁ!?）

アディスの勝利を知ったラゼは、口には出せないもののかなり驚いていた。

（終わったじゃん。私の任務終了じゃん！）

「先読みの巫女」のせいで勝ち上がる羽目になっていたラゼだが、ルベンが勝たなければ頑張る必要は勿論なくなる。

(閣下……。あなたの息子さんのご活躍で帝国との取引きは無効になりましたよ)

ちらりと貴賓席を見上げれば、満足そうに息子を見つめるウェルラインの姿が見えた。

(そして、ここまで勝ち上がった私の努力とは⁇)

こうなるとわかっていれば、こんなところまで勝ち上がらなかったというのに……。

目の前で今まで積み上げてきたものが泡のように弾け飛んでしまって、ラゼは喪失感を味わっていた。これでは、先ほど張り切ってクロードが撒いたナイフを二割増しのスピードで回収してしまったのが馬鹿みたいだ。

子どもみたいにはしゃいで、結局任務を横取りされるとは何ともみっともない。それに加えて上司や部下がその様子を見ているときた。

(恥ずかしい。穴があったら入りたい)

こんな思いをするのは初めてだ。

ラゼはクロードと共に会場を出ると、彼と別れてそそくさと待機室へと駆け込む。

「あああ……」

彼女はベンチに座って、早速頭を抱える。

勝敗が分からない以上、ラゼが決勝まで残るのは仕方のないことだったが、ルベンとアディスの勝敗を見てから戦えるように試合の順番を変えてもらうべきだった。

アディスの実力は噂に聞いていたので、ルベンに勝ててもおかしくなかったはずなのに、彼の性格を見誤ってしまった。まさかルベンを倒してくるとは。

「そんなタイプだったっけ？　去年の大会だって手を抜いてたじゃん……」

一体どういう心変わりだと、ラゼは愚痴をこぼしたが彼女が言えたことでもない。

まさか彼が一年生の時に負かされたことをまだ根に持っているとは微塵も気がついていなかった。

そしてわざわざ母親に教えを請い、この一年で格段に力を伸ばしているのは自分のせいだと、ラゼが気がつく日はきっと来ない。

『ア、ア。聞こえる？』

待機室には、不正を防ぐためにラゼ以外は誰もいない。そうと分かっているからか、魔石の通信機能にアクセスがあった。

高めの音にどこか硬さを感じるこの声の主は、大会の警護をサポートしているジュリアス・ハーレイ少佐だ。

念のため周囲に気配がないかを確認した後、ラゼは口を開く。

「聞こえてるよ。これ、個人通信？」

『そう。あなたが泳がせてるって人が、勝敗を見て動いたから報告』

ジュリアスの言葉に、ラゼは先ほどまで失敗で落ち着かなかった心を切り替えることに成功する。

「どんな様子だった？」

『びっくりしてたわよ。殺気だだ漏れ。わたしの探知がそこだけめちゃくちゃ反応したわ。前もって話を聞いてなかったら、速攻で捕まえに行かせるレベル』

ジュリアスの探知は、人の肉体的な動きを見るだけではない。人のまとうオーラというものに反応し、糸のように巡らせた探知網がアバウトに感情を伝えてくるそうだ。何とも便利な能力で、こういった護衛の任務には引っ張り凧である。

「そっか。……わかった。ありがとう」

カーナを貶めようとしている疑惑があった容疑者がほぼ確定することになり、ラゼはその人物を思い浮かべて複雑な顔だ。

（人は見かけによらない、か……）

これもまた、自分が言えたことではない。

国を守るためとはいえ、防衛戦ではたくさん帝国兵を討った。シアンは防御こそ最大の攻撃とでも言わんばかりに、侵入者を許さないものだから。ここにいる学生に、敵国から「首切りの亡霊」と呼ばれる自分を知る者はいない。

『これから先、荒れるかもしれないわね。あちらさんも思い通りに行かないことに、そろそろイラついてくる頃でしょう』

「それは私が卒業してからにしてほしいね。まあ、向こうは短気だからな。もしそうなったら、すぐにでも私が首を獲りに行くよ。学生たちの楽しい学園生活に支障を出すのだけは避けたいから」

『やだ、こわ〜い。あなたが言うと全く冗談に聞こえないからやめてよね』

この国一番の軍人が、敵国主将の首を獲りに行くなんて言うのだから、ジュリアスの言うことは尤もだ。ラゼも冗談半分本気半分なので、やってしまってもおかしくない。

「とりあえず、これで交渉は決裂だから。あとは向こうの出方を見るしかないよ。……その前に、私は次の試合をどうするかなんだけど」

先が思いやられて、盛大にため息を吐く。

『ああ、それなら伝言を預かってるわよ』

これを伝えるために通信したの。と言うジュリアスにラゼは嫌な予感がする。

『宰相殿から「遠慮なくやってくれ」ですって。夫人からも「うちの息子をよろしく」と』

それを聞いた彼女は瞳を閉じた。

(何が、うちの息子をよろしくだ！)

全然よろしくないんですけど!?　と叫びそうになるのを必死に耐えた。

無言になるラゼに、ジュリアは心中を察してゆっくり語り出す。

『気持ちは分かるけど、ここはあなたが勝った方がいいと思うわ。その「オトメゲェム」とやらの物語を知って、宰相殿の息子さんがシナリオを変えるために勝ち上がって来たと思われたら狙われるかもしれない。先読みの巫女さまからすれば、物語を知る存在は自分の価値を下げる天敵なんでしょう？』

カーナを悪役令嬢にしたがる――いや、本来の話に戻そうとする動きの首謀者は、きっとマジェンダ帝国にいる先読みの巫女だ。学園に潜伏している密偵は、その指示によって動かされていると見るのが妥当で、今回のバトルフェスタでも本当はルベンが勝たねばならなかった。一体誰がシナリオを変えているのかと注視されるのは避けられない。

「その通りだよ……。もう既に色々と手遅れな感じもするけど、せめて他に視線がいかないように私が勝つしかないね」

今回の警護ではジュリアスにも乙女ゲームのあれこれについて簡単に説明をし、協力してもらっている。

カーナが予知の能力を持っているのはハーレンスにも報告済みであり、外堀は埋められるだけ埋めているところだ。

『目立つことが仕事なんてね。慣れないかもしれないけど、やること自体は簡単でしょ？　こんな機会二度とないかもしれないいんだから楽しんだら？』

ジュリアスに励ましの言葉をもらったラゼは苦笑する。

「それもそうだね。なんか吹っ切れたかも。ありがとう」

『い～え。応援してるわ。頑張って』

「うん」

待機室にかかった時計を見れば、そろそろ時間だ。

通信を切ると、ラゼは少し軽くなった腰を浮かせる。

不覚にも任務の手柄を掻っ攫われたラゼ。

「そんなに私と戦いたかったんですか、もう。それならそうと早く言ってくださいよ～」

彼女は今までになくご機嫌斜めだった。

「……君、性格違くない？」

会場で対面したアディスは、彼女のあからさまな作り笑いに頬を引きつらせる。

「そんなことないですよ！　私からすれば、アディス様が殿下を抑えてまで勝ち上がってくる方が驚きです～」

よくも私の努力を水の泡にしてくれたな、と。彼女は腹黒い笑みでニコニコと喋った。

「今回は遠慮しませんよ？」

ラゼは試合用の短剣をくるりと回して右手に掴んでみせる。

審判から確実にクリティカルと判定してもらうために、この試合では武器を持った。

それが何を意味しているかといえば、つまりはまあ、ヤる気満々である。

◆

「おッ!?　代表、勝つ気だ！」

ラゼの挑発を見て、喜びの声を上げたのは部下のハルルだった。

「目的達成したから、負ける気なのかと思ったけどやったな！」

彼は嬉しそうに顔を輝かせて、隣に座っているクロスに話しかける。

「……あの笑い方、キレてる時に似てるけどな……」

彼女の表情を読み取ることに長けているラゼ・シェス・オーファンの副官クロスは苦笑いで答えた。

「理由は何だっていいんだよ。やっちまえ、代表！　オレたちが将来尻に敷かれるかもしれない奴らなんて、ぶっ潰してやれ！」

「お前なぁ。防音してるからって、それはないだろ」

遠慮なく「やっちまえ」「ぶっ潰せ」なんて言う相棒に、クロスは呆れた表情だ。

ラゼはその相手を護衛するために、この学園に潜入中であるというのに、何ともおかしな光景である。

「ああ……」

そこでクロスはやっと気がついた。

「代表が相手を傷つけないで降参させるのって、学生は護衛対象だと思っているからか」

「クロス、お前今頃気付いたのかよ？　どう考えてもそうだろ。オレたちを訓練する時の代表を思い出してもみろよ」

ハルルはギョッとしてクロスを指摘し、訓練時を思い出して顔を青くする。

「遠慮なんてあったもんじゃない……」

「そうだったな」

ハルルがうんとひとつ頷いてそう呟くのに、クロスも同意する。

彼女の訓練は下手をすると、実戦よりも痛い目に遭わされる。怪我をしても治癒師に治してもらえるし、回復効率も上がるから大丈夫だ！　と笑顔で言われる。今のうちに酷い目に遭っておけば、実戦も問題なくこなせるなんて言われた時には、暴論だと思った。

実際には、ラゼの言うことは一応間違ってはいなかったため、「シアンの百鬼夜行」なんて呼ばれる部隊が仕上がっている訳なのだが。

「あの人、寸止めじゃなくて、軽傷に留めるのが手加減だと思ってそうだろ？　だから今回の大会を見て、オレは安心した」

ハルルの話に、クロスは思わず吹き出す。

「確かになっ！　でも、そうなるとやっぱり代表は、俺たちにわざと厳しくしてるってことになるな」

「そーだな。まあ、こっちは練習の試合とはお話が違うからな。厳しくても仕方ない」

「もう始まるぞ」とハルルはそこで会話を止めた。

一組だけになった試合会場。

観客全員から注目を浴びるラゼ・グラノーリとアディス・ラグ・ザース。

最早、ラゼの勝利をまぐれだと言う者もいなくなり、どちらが勝つのかは予想がつかない状況だったが、数人はラゼ・グラノーリの勝利を確信していた。勝ち負けを賭けることすら馬鹿らしい。

「あの子、あとどれくらいしたら狼牙ちゃんに勝てるようになるかしら？」

「……バネッサ。まだ試合は始まっていないよ……」

貴賓席で息子の試合を観戦中の死神宰相とその夫人もそのうちのひとりで。

ウェルラインは妻の言葉を聞き、息子のためにそっとフォローを入れる。

しかし、

「え。あなた、アディスが勝てると思っているの？」

と、正気を疑うような顔をして問い返されて撃沈した。

「もうこうなったら、シフトチェンジかしらね。狼牙ちゃんを囲えるだけの知能と権力をつけていくしかないわ。そういうことはあなたの担当よ。うちに帰ったら一緒に作戦会議ね」

「いや、わたしは……」

「なに？」

「……何でもないよ。すぐに仕事を片付けてくるから、一緒に話し合おう……」

仕事が溜まっているので、もう成人になった息子の指導方針など会議したくなかったのだが、「なに？」の一言に込められた母親としての圧にウェルラインは負ける。

ウェルラインとしてはラゼのおかげで、学園になど入学せず騎士団に入りたいと言っていたアディスが、バネッサに教えを請い、努力するようになっただけ十分成長を感じているのだが……。

ここでアディスが勝ってくれればな、と思うのだが、今大会初めて武器を握って登場したラゼに望みは薄れた。

そうして、カーンと最後のゴングが鳴る。

注目の初手。

ラゼ・グラノーリに視線が集まる。

いつも通り高速移動でアディスを倒しに行くかと予想されたが、ラゼはその場で自然体をキープ。

来ないと思ったアディスは、全身に風の鎧をまとわせ、彼女と間合いを詰める。

キン!! と、模擬剣がぶつかる音がすれば、ラゼは短剣でアディスの長剣を受け止めていた。

「来ないのかッ!」

アディスはラゼに叫び、連続して剣技をぶつける。

彼女は短い剣だけで難なく彼の剣を捌き、体術混じりの剣筋をみせた。

見る者が見れば、訓練された者の動きだということはすぐに分かる。

ただ、ここは将来の進路には騎士団に入団することが最高のステータスに見られる貴族の学校。

軍人らしいラゼの動きは型外れ。異質で、獰猛(どうもう)さを感じさせた。

「ッ、」

ヌッと自分の懐に入り込んで来たラゼに、アディスは息を呑む。

「——いいですね」

彼女の口元はゆるりと弧を描いていた。

風をまとって能力を底上げしているアディスに、肉体強化だけで対抗するラゼ。

彼女はもう一段階集中力を高めるため、深く息を吐く。
完全にスイッチが入っている。
これは、狩る者の目だ。
今まで感じたことのないプレッシャーに、アディスの肌が粟立つ。
警戒した彼はラゼから距離を取り、遠距離攻撃に移行した。
風の斬撃を飛ばす。
この技だけでも、審判によってはすぐに試合の中止を下そうかと構えるレベルだ。
逃げ場のない攻撃をどうかわすのか。
会場に緊張が走る。
——だが。
「なんであの子、普通に立っていられるの？」
観客席からは、唖然とした言葉が漏れた。
風の刃に襲われているはずなのに、ラゼは無抵抗で直立しているのだ。
全く意味がわからない。
「ル、ルカくん。あれって？」
ふたりを見守っていたフォリアは、魔法に詳しいルカに問う。
「……これは……」
彼が呆然としていると、カーナから「ああ！」と声が上がった。

「ラゼ。やってくれたのね！」

フフフッと笑うカーナに、側にいたメンバーはキョトンとする。

「瞬間移動といったら、これよね」

「カーナ。どういうことだ？」

ルベンが聞くと、カーナは笑って答えた。

「あれが『残像よ！』っていうやつですわ！」

「「……………」」

話が見えない乙女ゲームメンバーは、揃って首を傾げる。

「一度見てみたいって言っていたの。まさかこんな大舞台でやってくれるなんて」

「……カーナ嬢。話はちょっと分からなかったんだけど、とにかくグラノーリはあれを避けているってことで合ってるか？」

イアンの質問にカーナは頷く。

「そう。今見えているのは、残像なのよ」

つまりはそういう事で。

ラゼはカーナの希望を叶えるべく、高度な魔法の無駄遣いをしていた。

◆

（……そろそろ潮時かなー）

アディスの攻撃を避け続けたラゼ。

会場の雰囲気が、段々と悪くなっていた。

「なんで動かないのかしら？」

「どうしたんだ？　何か策が？」

「もう何もできないんじゃないか」

観客には、彼女がずっと何もしないで立っているように見えるので、痺れを切らしているのだ。

（ふむ……）

ラゼはこれはやり過ぎたか、と思いながらアディスに視線を合わせると、高速で残像を残すのを止めた。

アディスはハッとして、近接戦に備え剣を構え直す。

（まあ、私が行くと思うよね）

彼女はフッと笑う。

「そっちが来てください」

アディスがあっと思う間もなく。

彼の身体は、ラゼ・グラノーリの間合い。

それも彼女が短剣を構えた先だった。

「——は？」

アディスの口からは気の抜けた声が出る。

「そこまで！」

試合の終了が決まり、勝者の名がスクリーンに映った。

「勝者ラゼ・グラノーリ！」

後にこの試合は、歴代で一番衝撃的な決勝戦として、映像がいつまでも見かえされることになる。

「ラゼ、優勝おめでとう！　アディス様も準優勝！　凄いですわ」

「ありがとうございます……」

試合後、流れのままに表彰式を終えたラゼ。

カーナたちと合流し、運営から闘技場を退場するための指示を待つ。今大会から設置されたスクリーンには、試合のリプレイがたくさん流されていた。その中にはやけに短い試合映像があるわけだが、そのほとんどがラゼの試合だったりする。

（やっと終わった……）

彼女はドームの全方位から突き刺さるような視線を浴び続けるという、居心地悪い空間から抜け出せたことにひとまず安堵した。

「ラゼちゃん！　アディス様との試合で、最後に何をやったの？」

「え？　ああ。あれはアポートだよ。私がアディス様を引き寄せたの」

「え、そんな事もできるの!?」

「うん。でも、アポートはそんなに珍しい魔法でもないよ。移動系ならテレポートとアポートは使えて当たり前だから」

フォリアが興奮した様子で、話しかけてくるのに答えると、ルカは怪訝な表情だ。

「確かにそうだけど、君、今回テレポートは一度も使ってないでしょ」

「えっ。それってあんなに速いのに、瞬間移動は使ってないってことですか!?」

「スロー再生でグラノーリが走る様子が分かったのは、高速移動しかしてないってこと」

「ええ〜。ラゼちゃんって、やっぱり凄い！」とフォリアがはしゃぐのを遠くに聞きながら、ラゼは思考にふける。

（これで帝国がどう動くかが問題だな……）

シアン皇国に起こる大事件を予言する前に、今回の大会で優勝者を当てるというのがあちらの出方だった。

ラゼが思うに、先読みの巫女サマは十中八九この世界を乙女ゲームの世界だと認識している転生者か転移者だ。モブポジションだった自分がシナリオを折り曲げているだけで、その「大事件」とやらは実際に起こる可能性は高い。

（カーナ様の記憶に抜けがあるかもしれないってことが翡翠の宮の件で分かっちゃってるからなぁ。巫女サマには情報を落として欲しいんだけど……）

こういう時、自分だって転生者なのだから乙女ゲームの知識を持って生まれたかったと思ってしまう。正直言って、軍人なんて職業についたからか、そんなお花畑みたいな世界の話をされても現実的ではないという感覚が抜けなかった。

ラゼにとって乙女ゲームのシナリオどうこうというのは、本音を言えば危険が及びそうなイベントだけ知ることができればどうでもいい。

いや、別に乙女ゲームについて知らなくとも、国に仕える者として排除するべきものは排除する。

結局、どんな裏事情のある任務だとしても、自分は自分のできることをやるしかないのだから、やることは大して変わらない。

そして学園生活なんてたかが、三年だけだ。その間の出来事を全て分かっていたとしても、華の盛りが過ぎたその後の長い人生にどう影響するかなど分かったものではない。

(あーあ。早く退役してのんびり贅沢な暮らしがしたいな。まあ、マジェンダとの膠着状態がどうにもならない限りは、狼牙は捨てられないだろうし……。まだしばらくは無理か)

ラゼは心の中でため息を吐く。

二度目のバトルフェスタを終え、次に待つのは学園祭。いかにも学生たちの祭典という感じで、乙女ゲームのイベントが発生しそうな行事だ。何もないと思うことの方が不自然である。

「よければ、この後打ち上げでもどうですか？　実は部屋を借りて準備もしてあるんです」

「是非やりたいです！　ありがとうございます」

「ふふ。クロードも手伝ってくれたのよ」

「おおっ。ありがとな、クロード！　肉も用意してくれたか？」

「イアンならそう言うと思って、店に頼んでおきました」

「よっしゃ！」

楽しそうに笑っているカーナや他のメンバーを、ラゼは遠巻きに見据えた。

たかが三年の学園生活。もうそれも折り返し。

こうして学生に混じって血腥（ちなまぐさ）い孤児上がりの軍人がいる違和感は、任務だと言い聞かせて自分の中に押し込めてきた。

だが任務でも、彼女たちと出会って友人として暮らしている時は、やっぱり楽しかった。何せ同年代の友達ができたのはこれが初めてだったし、学生という期間限定の尊い時間の体験は浮き足立つところがあったと認めよう。

（……いつまでこうしていられるかな）

たかが三年。されど三年。いや、情勢によれば三年もここにはいられないかもしれない。

「グラノーリも来るよな！」

イアンに呼ばれ、ラゼは微笑みを浮かべる。

「はい。行きますよ」

定かではない未来のことを考えても仕方ない。

彼女たちの大切な時間を邪魔する奴らは、自分がぶっ飛ばせばいい。それが仕事であり、友としてやるべきことだ。

（この人たちに、手は出させない）

ラゼはそっと振り向いて、ナイフよりも尖った鋭い眼光を向ける。

先ほどからこちらを窺っているひとりの人物は彼女と視線がかち合い、びくりと肩を震わせた。

（何かするなら、私にどうぞ）

お前が黒だということは、分かっているぞ、と。ラゼは泳がせていた帝国側の人間に仕掛ける。

それは彼女にとっての宣戦布告。

帝国のスパイとか、もうひとりの転生者とか、カーナが化け物になるとか。

そんなことはこの国で「狼牙」と呼ばれる自分が、阻止してみせる。

たった三年しかない乙女ゲームの流れは、とっくの昔に歪んでいた。

幕間　先読みの巫女

「……予言が外れた、か」

その目に好奇の色を宿し、男は呟く。

くつくつと笑って、彼――グレセリド・アグト・ヒューレン・オブゼヒトはワイングラスを傾けた。

そこは、シアン皇国と敵対するマジェンダ帝国の城。皇帝であるグレセリドは玉座の前で跪く部下から告げられた報告を聞き、その結果は良いとは言えないものだったにもかかわらずご機嫌だった。

「面白い。実に、愉快だ」

代り映えのしない、つまらない毎日。

たった一度切りしかない人生というものを、周囲の目を気にしながら縛られて生きるなど馬鹿らしい。社会に束縛された生きた屍に成り下がるくらいなら、自分の望みを叶えるために散ってやろう――そう考えて、彼は生きてきた。

しかし、皇帝の座に即いてからしばらく経ち、彼は退屈していた。

国を自分のものにしたのはいい。次は、歴代の皇帝が何百年と成し遂げることができなかった、シアンを落としてやろうと戦をしかけたが、なかなか鉄壁は崩せず。

敵が手強いほど闘志は滾るものだが、いかんせん国を相手にすると駒を準備するのに時間がかかる。

準備が整うまで待つ間、グレセリドは退屈していた。

だから、暇つぶしに、自分は未来が分かると騒ぐ娘を招き入れてやった。遊び方は簡単だ。彼女の予言が当たるか、外れるかを、遊女たちと賭ける。

手下にその結果を調べさせてみれば、想定外に当たるのだから、グレセリドは愉快だった。

本当に未来を先読むのだと分かったのはいいが、その情報は諜報員を紛れ込ませるのにも苦労するシアンのものに偏っているのが問題で、時が過ぎればすぐに飽きる。

そんな中、シアンの金の卵たちの巣で、皇子の婚約者が怪物になるなんて未来を小出しにされた。

もともと、厄介な敵を育てるあの学園には目を付けていた。この機を見逃すグレセリドではない。

セントリオール皇立魔法学園から、シアン皇国を壊すゲームの始まりだった。

「――グレセリド様！」

酒とタバコと女ものの香水が染みついた玉座の間に、娘の声が響く。

忌々しいあの学園で開催されたトーナメント戦の結果が出たことを聞きつけて、早速やって来たのだろう。

「結果は、どうでしたか……？」

先読みの巫女と呼ばれるようになったその娘エリナは、グレセリドの隣で腰をかがめて尋ねる。

「見事に外された。皇子は決勝にすら行けずに、準決勝敗退だ」

「――え？」

エリナは驚きに目を見開く。

「まさか、また、あのモブが？」

すぐに表情を険しくさせ、エリナは問う。

「いいや。そいつも今まで初戦で負け続けたくせに、今回は勝ち上がって優勝したらしいが、皇子は忌々しい死神の息子に負けた」

「死神の息子……。アディスのことね」

エリナは口元に手を当てて、乙女ゲームのシナリオについて振り返った。

今回のバトルフェスタでは、メインヒーローのルベンが勝つことは決まっていた。

アディスもファンディスクでメインを張るほど人気のあるキャラだったが、この舞台で活躍することはなかったはず。

何度もプレイしたゲームのシナリオが自分の知らないところで改変された不快感から、エリナは無意識に親指の爪を噛んだ。

「私の先読みが外れるのは、全部、出しゃばりなモブのせいだわ。そうとしか考えられない」

恨みのこもった声音で、エリナは言った。

「許せない……」

目に殺意を灯す彼女を見て、グレセリドの口元は弧を描く。

「そう怒るな。奴はただの生徒じゃない。運営側に近い人間だ」

「……それは、どういう意味ですか……？」

グレセリドの言葉に、エリナは小首を傾(かし)げる。

「わたしたちが皇国と、バトルフェスタの優勝者について当てるとやり取りしたことは、公にされていない。これまで鳴りを潜めていたモブが、今回急に勝ち上がってきたのは、皇国の駒として動いているからと見ていいだろう。——それに、こちらが潜り込ませていた諜報員も、奴に見抜かれているらしい」

そんなことをする人間は、ただの生徒ではない。

エリナの予言は彼女の周囲で形を変える傾向がある。

未来を捻(ね)じ曲げる、その心意気、能力。どれも、見ていて飽きない。

決して表舞台では、その実力を発揮しようとはしないところも、自分とは全く異なる人種で面白い。

「学園祭とやらが楽しみだな」

次はどんな手を使ってシアンに、あの娘に圧をかけてやろうか。

グレセリドは、この状況が楽しくて仕方ない。

「……学園祭……」

妖艶(ようえん)な笑みを浮かべる皇帝を見て、エリナは何か考えこむように小さく呟くのだった。

3 学園祭準備

何事もなく。といえばラゼにとっては語弊がある気もするバトルフェスタが終わり、続いて彼女を待ち受けるは学園祭。

乙女ゲーム『ブルー・オーキッド』では、「フラワーガーデン」というテーマで飾り付けられた学園を、各クラスの出し物や、有志で集まったグループの見世物、後夜祭などを通じて、攻略対象者たちと遊びも恋愛も、これでもかと満喫する一大イベントである。

今は学園祭準備期間となり、各クラスは自分たちの教室をセッティングし、出し物を成功させるために前世の学生のごとく青春を謳歌していた。

カーナとラゼで、学園祭がどんなものか、また出し物はどんなことができるかという例をいくつも挙げた冊子を既に配布しており、初めてやるにしてはちゃんと形になった学園祭が開けそうである。

前世に比べれば準備期間はそれほど多くないが、魔法を使用できる分、質良く早く、効率的に準備は進んでいた。

また貴族の学園とあって、ＯＢＯＧサマたちが今回の取り組みを聞きつけジャンジャンお金を寄付してくださったので、予算は十分にある。

かなりレベルの高い出し物になることが予想された。

本格的な料理が出される喫茶、カジノ風のゲーム系、大道具や小道具に衣装までこだわりぬかれた演劇――など。

だんだんと完成に近づく外装を見ただけでも、それは断言できる。「お店か？」と思うレベルには、どのクラスも仕上がっていらっしゃる。

「ラゼ！　これをヒューガン先生に届けてもらってもいいかしら！」

「はい」

「あっ。あと、理事長先生にもこの書類の確認をしてもらわないと」

「それも私が確認しておきますよ」

「本当？　ありがとう」

「いいえ～」

学園祭運営委員の拠点になった特別室は慌ただしい。

委員長を務めるカーナはこの教室で指示を飛ばし、クロードはその補佐。ルベンとアディスは校内を見回り、フォリアとルカ、イアンは運営委員による装飾や天灯篭（てんとうろう）の準備を担当している。

ちなみにラゼは、クロードと同じくカーナの補佐及び連絡・荷物運び係。

つまりはアッシーだろ？　なんて卑屈なことは思わず、円滑にことが進むよう彼女は女神のために快く働いている。

必要な書類を持ってラゼは教室を出た。

普段であれば校内で無闇矢鱈に魔法を使用することは禁止されているのだが、この期間は特別に、皆さまそれぞれご活躍中。

ということで、ラゼも遠慮なく転移テレポートを使って配達をする。

彼女は一気に職員室前まで飛び、ヒューガンの元へと進んだ。

「ヒューガン先生。これは当日、有志を集めてホールで行う出し物のプログラムです」

「おー。ごくろうさん」

「この後は、各グループの代表を集めて照明や音響の使い方、それとリハーサルの日程を決める予定です」

「ん。わかった。準備はしといてやるから、あとはがんばれ。俺にはよくわからん」

「はい。あとはこちらでやるので、確認だけお願いします」

「お、わかってるな。グラノーリ」

ヒューガンはぽんぽんとラゼの肩をたたく。

ラゼはハハハと苦笑い。

「なかなか担当してくれる先生を見つけられなかったので、ヒューガン先生にはすごく感謝してるんですよ。お願いした時に言った通り、こちらでできるだけの事はします」

「そーか。まあ、俺も引き受けたからにはちゃんとやる。そう無理はすんなよ。はじめてのことなんだ。こう言ったらなんだが、ミスはあっても当然のこと。コン詰めすぎずに楽しくやれよ」

「はい。ありがとうございます」

ヒューガンに礼を言って、ハーレンスに閉会式で講評をもらうゲストへの手紙をチェックしてもらい、カーナに頼まれたお使いを終える。

(今日の夜も会議かぁ)

学園祭はセントリオール皇立魔法学園始まって以来、初めての試み。

カーナたちの熱い要望で外部の人間も、バトルフェスタや冬のトーナメントと同じように招待状があれば学園祭に参加できるようにしたため、ラゼはその対応に追われていた。

警備についてはハーレンスが騎士団や軍の技術者たちに掛け合ってくれているのだが、意見を聞きたいということでほぼ毎日のようにハーレンスの自室に通っている。

「あ。ラゼ！　ちょうどいいところに！」

お使いを終えて歩いていたラゼに、後ろから声がかかった。

彼女が振り返ると、そこには一つ上の糸目が特徴的な先輩が。

「ユーグ先輩」

彼はユーグ・ミュンヘン。巷で有名なミュンヘン商会の跡取り息子である。

ちなみにラゼが一年生のときにあったルベンの誕生日会で、フォリアの代わりに乙女ゲームのしわ寄せを食らった人だ。ラゼが招待状を譲ってからというもの、彼にはお裾分けと称して色々ものをもらっている仲だったりする。

「やあ。運営委員は忙しそうだね？　ちゃんと休んでる？」

「まあ、忙しいですけど充実してますよ。先輩こそ、大変なんじゃないですか？」

ラゼの返答にユーグはニッと笑う。

「おかげさまで、うちは繁盛してるよ。学園祭をやろうって言ってくれた運営さんたちには感謝しかないね。僕は発注をまとめるだけだから。実家のほうが忙しいかな」

「へぇ。そうなんですか？」

学園祭で必要になる材料集めに、ミュンヘン商会は一役買うことになった訳だ。

ひと商売できて、ユーグは生き生きとしている。

「そうだ。これ、ラゼに差し入れ」

彼は上機嫌でラゼに紙袋を差し出した。

ラゼはその紙袋を見てハッと目を見開く。

「これって！　もしかして幻のチーズケーキでは!?」

「その通り。前、食べてみたいって言ってたでしょ。うちに入って来たから、送ってもらったんだ」

「うわあああ。めちゃめちゃ嬉しいです。お金、出させてください」

これ以上なく感激した声をこぼしながら、ラゼはユーグを見上げる。

「いいって。ラゼのおかげで僕はいいことばかりなんだ。また珍しいものが入ったら持ってくるよ。楽しみにしてて」

「一生ついていきます、先輩」

「こちらこそ今後とも贔屓に頼むよ。じゃあ、頑張って」

「はい！」

ユーグは颯爽とその場を去っていく。

三年生は就職のこともあるだろうから、クラスの出し物は簡単に済ませて良いかもしれないとカーナは提案したのだが、そんな楽しいことをさせてくれないのは嫌だということで。三年生も何かしらの出し物をすることになっている。

人によってかなりハードなスケジュールをこなす人もいるはず。

ユーグは扱える商品の範囲を広げるために、薬物や、魔石の取り扱いができるようになるための資格を取ると言っていたので、勉強も忙しいことだろう。

そんな中、こんな後輩のためにまで気を遣って幻のブツを手に入れてくれるとは……。

ラゼはずっしりと重みを感じさせる紙袋を覗き込み、大きな箱を見てニンマリ笑う。

「早く食べたいなぁ。でも、どうしよう。先輩は私に差し入れって言ってたけど、みんなと分けるべきだよね……。うんんんん。いや、こっそり……。フォリアとカーナ様だけで……」

自分の内なる欲望と戦いながら廊下を歩いていると、ラゼに気がついた生徒たちから視線を注がれる。

（……バトルフェスタで目立ったせいで、視線が増えてやり辛いな。やっぱり許さないぞ。アディス・ラグ・ザース！）

そんな風に無理やり責任転嫁したせいだろうか。

「何サボってんの？　特待生」

「…………」

噂したご本人を召喚してしまった。

ラゼは内心ため息を吐く。

「サボってないです。お使いの帰りなんです」

「へーえ？　それにしてはイイモノ持ってるみたいだけど？」

ユーグからもらった菓子の袋に視線を落としたアディスに、ラゼの警戒度が跳ね上がる。

じりりっと一歩下がって、アディスから距離を取る。こんなことなら、見つかる前にさっさと自分の部屋に転移させておくべきだった。

「これはお世話になってる先輩からもらった差し入れで。……あげませんよ？」

「別に。人のものを奪うほど嫌な奴のつもりはないんだけど……」

あからさまな敵対心に、アディスは呆れた顔でそう答える。

が、ラゼからすれば、知らないとはいえ目の前で任務を横取りされているので、何とも言えない。

「それより。君、まだ昼食食べてないんでしょ？　俺も休むから食堂行こう」

「へ？」

一瞬、何を言われたのか分からず、ラゼからは変な声が出る。間の抜けた表情にアディスは彼女が時間を忘れて働いていることを察して、ため息を吐いた。

決められた時間まで見回りをしてから、一度運営室（学園祭運営委員会の拠点教室）に戻れば、書類と睨めっこをするカーナとクロード。見るからに人手不足で、昼食の時間を過ぎてもずっとここにいることはすぐに分かった。

カーナは各クラスの企画書に注意点がないか探したり、来賓の対応について確認したりと作業に追われており、クロードはクロードで全クラス分の会計監査に忙しい。

そしてここにいないもう一人のラゼは、避けては通れない教師たちとのやり取りを担当している。

彼女はそれぞれの場面で責任を持ってくれる教師たちに挨拶して回り、乗り気でない教師たちを動かしていた。

最後の最後まで有志の出し物を担当してくれる教師を捕まえることができずに、お願いして回っていたことだってアディスは知っていた。

生徒を相手するのとは違い、学園においては確実に立場が上の教師たちを相手に立ち回ることは骨が折れるだろうに。

カーナやクロードも、この学園祭に関わる大人とやり取りを交わすような準備もある。しかし、カーナであれば理事長ハーレンスに、クロードは会計監査を担当してくれることになった三人の教師がバックについている。

言うまでもなく、その担当をしてくれないかと頼み込んだのもラゼ・グラノーリだ。

彼女は学園祭運営委員の裏の顔として、教師と対等にも近い責任を負いながら、裏方に徹していた。

大人顔負けにそんな重い仕事を担当しておきながら、嫌な顔ひとつせず人のフォローまでしているときた。

「はあぁーー」

「な、なんですか。そんなに大きくため息吐かなくても」

「いいから。行くよ」

「ちょ……」

アディスに腕を引っ張られ、ラゼは青春の園を縦断した。

チーズケーキは常温でも問題ないようなので、とりあえず寮の自室に飛ばしておく。

言わずもがな、アディスからその話題を避けるためだ。

ユーグは「ラゼに」と言ってくれたのだから、自分のものは自分の好きなようにさせていただくことにする。

ケチだって？　いや。女神と天使にお裾分けできれば、その他は知らない。うん。

彼女はそうと決めて、アディスに掴まれた腕に視線を落とす。

「あのー。アディス様……」

はたと。彼のことを呼んでから、そういえば「ザース様」から「アディス様」呼びに変えたのはいつだっただろうと疑問がわいた。まあ、前々から死神閣下と同じ氏(うじ)を呼ぶというのにも違和感があったので、不自由はしていない。二年生にもなれば、気軽に食事をしようと誘われるくらいには仲良くなれるものなんだなぁ、なんて考えながらラゼはアディスの顔を見た。

「何？」

「歩き辛いのと、転移で移動したほうが早いです」

彼女がそう言った次の瞬間には、パッと視界が切り替わり。

いつの間にか食堂前に到着していたアディスは、とても驚いた表情でラゼを振り返る。

「……転移するなら前もって言ってくれないかな？」

「言いましたよ？」

「確認はしてない……」

アディスは本日三度目となるため息を吐いた。

「君って、魔石起動回数の上限はどうなってるの？　こんなことにいちいち魔法を使ってて、疲れないわけ？」

魔石を使用することは、前世でいうパソコンに近いところがある。立ち上げるまで時間がかかったり、次の操作にすぐ移れなかったり。使い過ぎれば熱を持ってしまうことも同じで、無理をすると、魔石を使おうと指示を出す人間本体の脳の回路が疲弊。最悪のところ、あの世行きとなる。

「これくらいじゃ疲れませんよ。それより早くご飯にしましょう。意識させられたら、すごくお腹が空いてきました」

ラゼはどうってことないと、さらりと話を流した。

彼女からすればお散歩くらい気軽な魔法の使い方であって、疲れを感じるようなことはない。

今日は何を食べようかな、と呟きながらショーケースのメニューを見つめる。

「よし。今日はカレーで決まり！　アディス様は決まりました？」

「俺はラーメン」

(ラーメン……。本当、訳わからん文化してるなと思ってたけど、乙女ゲームの世界なら納得だよ

ね）

ラゼはショーケースに並んだ洋食、和食、中華料理たちを横目に食堂の中へと進んだ。

時間が外れているため、食事をしている生徒たちは少ないのだが、思いの外席は埋まっている。学園祭の打ち合わせをする生徒たちが使っているのだ。

ふたりは料理を持って空いている席につくと食事を始める。

綺麗な箸捌きで、豚骨ラーメンを啜る乙女ゲームキャスト。

感慨深いものがあるな、とラゼは思わず目の前の彼を凝視した。

相変わらず、ため息が出るほど整った顔をしている。初めて見たときは死神閣下とそっくり過ぎて、全く近付きたくない存在だった。

しかし、よーく見てみれば、口もとはお母様バネッサに似ていて、全てが死神閣下と一緒ではないとわかる。

「……そんな見られると、食べ辛いんだけど……」

「あ、すみません。やっぱりお母様とも似ていらっしゃるなと思って」

アディスは意外そうに目を見開いた。

「父さんには似てるって言われるけど、母さんに似てるって言われたのは初めてだ」

「まあ、だいたいの顔つきは宰相様とそっくりですけど。パーツで見ると難攻不落の戦乙女様と同じですね」

「……君、俺の親のファンか何か？」

よくそこまで見てるな、と暗に言われていることに気がつき、ラゼは内心ハッとしながら、やんわりかわす。

「ファン？　この国を支えてくれてる偉い人にファンと言うのも、なんか違う気がしますけど……そんなところですかね？　おふたりとも尊敬してますよ」

彼女はそう答えてパクリとカレーを載せたスプーンを咥えた。

（ま。本当はどちらとも面識があるし、お父上は私直属の上司なんですけど……）

もし知り合いだと言ったら、一体どんな反応をされるものなのだろうかと思いつつ、ラゼはカレーを食べ進める。

「……そういえば。母さんに君と会って話してみたいから冬休み、家に誘えって言われてたな」

「ゴホッ!?」

不意を突かれて、彼女は咳き込んだ。

それを身分の差を気にしての驚きと捉えたアディスは話を続ける。

「俺の友人だって言ってある。嫌な思いはさせないから来れば？　勿論カーナ嬢たちも誘っていいし。

まあ、無理にとは言わないけど」

（バネッサ夫人からの招待!?　断るなんて、駄目ですよね!?）

わざとだ。アディスを通してバネッサから会おうなんて言われるとは。

絶対、何らかの思惑があって誘われていることは確実である。

彼女は水を飲んで気を落ち着かせた。

「その。ご迷惑でなければ、是非……」

「迷惑じゃないよ。こっちが誘ってるんだし。じゃあ、そう伝えとくから。また近くなったら言うよ」

「わかりました」

ラゼはこくりと頷く。

「学園祭が終わったら、もう冬休みですか……。早いですね」

「そうだな」

夏大会と同じく、冬の学年別トーナメント戦の前にも休みが設けられている。時が経つのはあっという間だ。もう、カーナの運命を左右する冬の季節がすぐそこに迫っている。

(冬の大会でカーナ様が怪物とやらになって暴走するっていうのが、乙女ゲームのシナリオなんだよな)

ラゼは最後の一大イベントを振り返った。

「……ずっと、楽しい時間が続けばいいのに……」

避けられないイベントの発生。内容が内容のため、それなりの覚悟で任務を全うしなければならない。もしかすると、自分の正体がバレるどころか、命が危ぶまれる可能性もある。

「どういうこと?」

ラゼの口から出た本音を拾ったアディスは、怪訝(けげん)な表情だ。彼女の声色が、珍しく悲しみを帯びていたために見過ごせなかった。

「――あ、いえ。何でもないんです。……ただ、まあ。これから進路のこととか、皆それぞれ忙しくなるんだろうなと思っただけで」

本当は、冬の大会を迎えればもう自分はこの学園を去るのではないかという予感がしていた。

「別に三年になったって、大きく今と変わるようなことはないでしょ。進路のことなら、君は騎士団からスカウトがくるんじゃない？　違う選択をするにしたって特待生なわけだし。忙しくなっても、これからもカーナ嬢たちに頼りにされるんじゃないかな」

アディスから思わぬ言葉がかけられ、ラゼは彼の顔に視線を移す。

アディスはすました顔で、ラーメンを食べていた。

これからも頼りにされる……。彼にはそう見えているのか。

第三者からそう言われると、何だかこそばゆい感覚だ。

「そうだといいなぁ……」

彼女は照れ隠しで、はにかんだ笑みをアディスに向ける。

それを目の前で見たアディスは、ぴたりと箸を止めるのだった。

前世の記憶を頼りに立案した文化祭は、学園始まって以来の試み。

本番が近づけば近づくほど、様々な問題が発生し、運営委員たちは目まぐるしい日々を過ごしている。

「グラノーリ」

「はい」

廊下を歩いていたところ、担任のヒューガンに引き止められ、ラゼは立ち止まった。

「リハーサルで照明器具が壊れたらしい」

「えっ！　本当ですか？　今、確認しに行きます」

ホールの舞台に設置されていた機材が壊れていたらしい。学校の備品を購入するのは運営の仕事であるため、彼女は自らホールへと向かう。

それから状態を見て、使えないとわかると急いで申請をせねばとラゼは再び来た道を戻った。

が、その途中。

「あ、グラノーリさん。当日の食堂についての案内はこれでよかったかしら。確認してもらっていい？」

「わかりました。ありがとうございます」

と資料を渡されたかと思えば。

「おっと、いいところに！　グラノーリくん。三年C組と一年B組で使う備品が被っていたらしいんだ」

「え」

「代用できるものを私も探しておいたから、代表たちと話を通してくれ」

「……すみません、ゾーン先生……。助かります」

「いや。ミスは仕方ない。頑張りなさい」

「はい」

次から次へとやることが舞い込んでいた。これが猫の手も借りたいという状況なのかと、ラゼは思う。

委員長であるカーナも、確認事項が書かれた紙がてんこ盛りになった机で格闘しているし、フォリアはその美的センスを活かして学園を彩る装飾関係全ての管理を任されている。

(魔法が使えるからって……。ひとりがこなすべき仕事量がえげつないよな……)

前世と比べれば、ひとりがこなせる作業量は何倍にもなる。だが、これはあまりにも運営側に事務的処理が偏りすぎたのではないかと、今更ながらに後悔しながら、ラゼはあっちこっちに飛び回った。

そんな矢先だ。

「ラゼちゃん大変！　カーナ様が倒れたって！」

酷く慌てた様子でフォリアに、そう言われたのは。

「え……」

ちょうど職員室を出たばかりだったラゼを見つけたフォリアが駆け寄ってくる。

ラゼは資料を手に抱えたまま、目を見開いた。

「お手洗いに行くって言って、戻ってこないと思ったら……廊下で倒れたって……。今は保健室に」

「殿下は？」

「もう駆け付けてると思う」

「……そっか……」

ラゼは今までになく、暗く真剣な表情でそう呟く。

（見込みが甘かった……。クロードくんにも言って、ちゃんと休憩を挟んでもらっていたはずなんだけど。私がついていながら、女神に無理をさせてしまった……）

人にはそれぞれキャパシティというものがある。

つまりは、同じ時間机に向き合っていてもこなせる能力には差があるし、体力の限界にも差というものがある。

戦場でまともに寝られない中、任務を遂行してきたラゼ。その体力と精神力では、カーナのような令嬢の限界を正確に推し量ることができなかったようだ。

軍では部下の体調管理は、生死を分つほど重要なこと。自分がいながら、こんな根本的なミスをしてしまうとは。

ラゼは思わぬアクシデントにショックを受ける。

「カーナ様にはゆっくり休んでもらおう。フォローは私がする。フォリアも今日は……遅くても十八時に切り上げて、モルディール卿のところに行くこと」

「ふえっ⁉」

最後に予想外のことを言われたフォリアは驚いた声を上げた。

しかし、ラゼは大真面目に話をしている。

「絶対ね。守らなければ、私が強制送還するから」

「ええっ」

フォリアは口をパクパクさせ、言葉が出ないようだ。

ラゼはそんな友人の様子は横に置き、これからの仕事について思考を巡らす。

学園祭本番まで、あと一週間。

カーナ以外のメンバーにも疲労が見えている。ここからが正念場だろう。

だが、準備に疲れて本番を楽しむことができないなど、断固あるまじき事態だ。

（……さて。ちょっと、頑張っちゃおうか）

今でも最初と変わらぬ作業効率を保っているのは、ラゼくらい。体力自慢のイアンですら、慣れないことばかりで眠そうにしている。

（あんまり私ばっかりやるのも、青春を邪魔するからやめようと思ってたけど）

彼女が本気を出せば、ひとりで運営を回すこともできなくはなかった。移動や伝達を統制してしまえば、より効率的に問題が片付くからだ。

そして、仲間たちが全力を尽くして頑張っているのに、自分だけ余裕でいるのも、少し心苦しく思っていた。

「よし。カーナ様が戻ってくるまでに、たまってる仕事は全部片付けよう」

「え？」

これが後に起こる「ラゼ・グラノーリ分身事件」の始まりだった。


カーナの代わりになると決めたラゼ。

手始めに移動は全て魔法を使って短縮し、自分の持っていた仕事をいつもの倍の速さで片付けると、彼女は運営室に戻る。

「クロードくん。ご無事でしたか……」

「……それ、なんと答えるのが正解なんでしょうか……？」

そこには、疲労と心労がたたったのか、決して良いとはいえない顔色をしたクロードがいた。

つい先程までカーナが座っていた椅子は、主人を失いぽつんとしている。その斜め横に陣取っているクロードの仕事机は、几帳面な彼にしてはモノが散乱していた。疲れているのだろう。伊達眼鏡の下にはうっすらクマもできている。

「……その。とにかく生存を確認できて安心しました」

ラゼは冗談半分、本気半分でそう声をかけた。

彼女がカーナの体調に気が付けなかったことを後悔するように、クロードもまたそれを気に病んでいることは考えるまでもない。

側でずっと仕事をしていて、その相手は慕っているルベンの寵愛を受けている者とくれば……。

クロードには大きなダメージが加算されたに違いなかった。

「殿下には何か？」

「……いえ。『お前も無理はするな』と。殿下は今、招待客の接待について、カーナ様の代わりに理事長と会議中です」

「そうですか」

ラゼはそれを聞いて少しホッとした。

（殿下はカーナ様のことになると熱くなっちゃう属性の主人公サマだからな。クロードくんに被害がなくてよかった）

あの性格は若気の至りというより、彼の本質に近い。その独占欲の強さにラゼは正直なところ本気で引いてしまうのだが、お相手の女神は異様に自己肯定感が低いため、お似合いなのだろう。

そこで、背後の扉が開いてアディスが姿を現す。

「あ。特待生。今までどこに行ってたの？　こっちは大変なことになってるのに」

彼は怪訝な顔でラゼを見た。きっと、アディスがカーナの穴埋めに入ったのだろう。

「遅くなってすみません。ひと通り自分の仕事を終わらせてきたんです。私もカーナ様のフォローに入ります」

時刻は午後四時。活動時間はまだこれからだ。

しかし、とりあえず……。

「――と、その前に。ふたりとも、まずはひと休みしましょう。疲れた顔してます。今、お茶を淹れますから」

「「え？」」

「……なんですか、ふたり揃って？」

どうしてそこで驚いた顔をする？

ラゼは訳がわからずキョトンとする。

「その、今はそれどころではないというか……。いや、それよりも、ラゼさんがそう言うのが珍しくて驚きました」

クロードに言われて、ラゼは確かにと思う。

いつもはカーナやフォリア、クロードがお茶を用意してくれる。ラゼは机の整頓や、後片付けをすることがほとんど。

女神や天使ファーストの彼女が、自ら彼らに何かを振る舞うことは、実はとても珍しいことだった。

「私だってお茶くらい淹れられますよ。一人暮らしも長いので、自炊とか普通にしますし」

そんなことで驚かれるとは思わなかったラゼは、少し不満気に答える。

「まあ、私の話はどうでもいいですね。フォリアにもルカ様とイアン様と息抜きするようにお願いしておいたので、ふたりも休んでください」

ラゼはカーナが部屋の端に作った給湯スペースに立つ。机の上にポットやカップ、茶葉、それからちょっとしたお菓子が置かれているだけだが、魔法を使えばここでもお茶を淹れることができる。

今日は特別に、自分が寮で使っている茶葉と、

(昨日、またユーグ先輩に差し入れもらったんだよね。お裾分けするか)

ユーグからもらったチョコレートの入った箱を転移させる。

それから、ぽとととと、と。カップに茶を注ぐ音が部屋に響いた。

「どうぞ。チョコは貰い物ですけど」

準備を終えると、クロードやカーナが作業をする机とは別に置いてあるローテーブルを片付けて、

彼女はふたりにお茶を出す。

作業をしていたアディスとクロードは顔を見合わせると席を立った。

「ありがとうございます。もしかしてわたしは疲れで幻覚でも見ているんですかね？」

「貰い物って。このチョコ、有名ホテルのやつだけど。誰から？」

どこからかクロードが手配してきたソファに座り、彼らはそれぞれ口を開く。

「幻覚じゃないし、疲れてる自覚あるなら休んでください。それと、このチョコは私の敬愛するユーグ・ミュンヘン先輩からの頂き物なので、もし会えたら是非お礼を言ってくださいね」

ラゼは空いていたクロードの隣に腰掛け、両方に答えた。

「ミュンヘン。商会のひとり息子か……。最近餌付けされてるでしょ、君」

「差し入れですが、そうとも言えますね」

彼女は前に座ったアディスの目が細くなるのを軽く無視して、選んだチョコレートを口に入れる。

「ん〜。おいひぃ」

さすが高級品。頬がとろけるのではないかと思うほど、美味しい。

「ラゼさんって、甘いもの好きですよね」

クロードはラゼの顔が緩むのを見て、思わず笑った。

アディスはどこか面白くなさそうにして、カップに口をつける。

「カーナ様の仕事は、私に任せてください。これでも一応、副委員長なので」

しばらく嗜んだ後、ラゼは今日この後の予定を発表した。

「いいけど。フォローはいらないの？」

「そうですね。アディス様にはお願いしたいことができたら、頼みます」

比較的余裕があるアディスに言われて、彼女は頷く。

「クロードくんは、引きつづ――」

続き仕事を。と、言おうとしたところ、ラゼの肩にずしんと重みがかかった。

「――あっ……」

アディスが驚いて声を出すのに対し、彼女はシィーと口に指を当てる。

そこではクロードが、ラゼの肩にもたれかかって寝ていた。

「クロードくんもかなり疲れてるみたいですね……。アディス様は、彼の分の仕事を頼めませんか？ 寝かせてあげたいんですが」

全く動じないでラゼがそう言うので、アディスはグッと言葉を飲み込んで「……わかったよ」と承諾する。

「ありがとうございます。本当はベッドで寝かせてあげたいんですけど……」

保健室にはカーナがいる。彼にとっては気が休まらないかもしれない。

彼女は魔石を起動すると、クロードを起こさないようにそのままソファへ横たえた。

「あ。眼鏡は邪魔か」

ラゼはクロードの顔を覗き込み、そっと眼鏡を抜き取る。

（相変わらず、乙女ゲームキャストの顔は整ってるなぁ）

そんなことを思いながら、魔法で取り寄せた枕や毛布をかけた。最後にサービスでホットアイマスクも目の上に乗せれば、お休みセットの完成である。

「こっちは任せて、ゆっくり休んでくださいねー」

そう言って、ラゼは立ち上がった。

「よし。じゃあ、ふたりで頑張りましょう。アディス様」

「…………うん」

アディスの反応が遅い。彼女は小首を傾（かし）げる。

（まさか、アディス様も体調悪いとか!?　どんなブラック企業だよ！「異世界の学園祭がブラック過ぎて、過労で倒れて転生しました」とか笑えないし、全く売れなさそう！　って。そうじゃなかった！）

慌ててアディスの額に手を伸ばした。

「……!?」

「熱なし。脈も安定」

額で熱を測ったかと思えば、ラゼはそのまま首元に手を滑らせて脈を取る。

アディスはギョッとして言葉も出ない。

「どこか具合が悪いんですか？　無理してません？」

自分に向けられた、真剣に心配する彼女の顔に、目を見開く。

「だっ、大丈夫だから」

アディスは咄嗟(とっさ)にラゼの手を掴んで首から離した。

「そうですか？　なら、いいんですけど。あ、すみません。突然触って。反応が鈍かったから、熱でもあるのかと思いました」

ラゼ・グラノーリは平常運転である。

しかし、

（もしかして、首で脈を取るのはよくなかったか!?）

そう考えついて、彼女はさあっと顔色を変える。

「本当にすみません！　不快でしたよね。もう二度と首に手を置くなんてまねはしません！」

「……もういいから。早く作業に戻るよ」

アディスは一瞬何かを悟った目になると、気が落ち着いたのだろう。冷静に返事をした。

「はいっ。さっさと終わらせます！」

ラゼは頭を縦に強く振る。

彼女からすれば、これ以上アディスの機嫌を損ねるわけにはいかない。彼はあの死神宰相ウェルラインの息子なのだ。

（いや、お母様に言いつけられてもやばい！）

庶民に首を絞められるかと思ったんだよー、なんて言われたら一体どうなることか。

ラゼは戦力が減った運営委員よりも、気の緩みが招いた事態に対して頭を悩ませる時間を過ごすことになる。

「うわっ」

「えっ!?」

「あれ。あの子さっき、大ホールにいたような？」

「俺は職員室で見たぞ」

「わたしは三年C組で見たわ」

「「……？」」

転移魔法で飛び回るラゼを見かけた生徒たちは困惑する。

魔石を起動するには、脳を使う。慣れない作業と同時に魔法も使ってしまうと、脳への負担が増えて体調を崩しやすい傾向がある。

が、しかし。少数精鋭の運営委員の中には、厳しい訓練を超えて〈影の目〉と呼ばれる特殊部隊に選抜された軍人がひとり混じっている。

いわずもがな、ラゼがその人で。彼女は学生たちとは比べ物にならない持久力を所持していた。

「ヒューガン先生。音響照明について確認終わりました。明日にでも新しいものを用意します」

「……グラノーリ。お前って双子だったりしないよな？」

「何おかしなことを仰っているんですか？」

真面目に仕事をしているラゼは、冗談を言うヒューガンに怪訝な表情で返す。

「いや、だってな……。お前、ついさっきまで全然違う作業してたよな？」

「それはもう終わったというだけですよ」

彼女はヒューガンに備品についての申請書を渡した。

「転移魔法をそんなにぽんぽん使って、何で事故らないんだよ……」

彼は資料を受け取りながら、不思議に思っていたことを問う。

「普通、転移先がわからないで飛べば、人にぶつかったりモノに着地したりするだろ？」

ラゼはヒューガンの話にきょとんとする。

「ぶつかる前に、違うところに飛べばいいだけですよね？」

それを聞いたヒューガンは絶句した。

「お前、それ本気で言ってるのか？」

「そうですが」

つまり、移動した場所に着いた瞬間、彼女はその刹那で状況の把握をして安全な場所に転移をしているということになる。

瞬きをするような時間だけで、そんな芸当ができるとは、到底信じ難いことだ。

しかし実際、ラゼのことについて注意をしてくる生徒はいないし、事故も全く起こっていない。

「……そうか。さすがだな、特待生。安全には気をつけて頑張ってくれ」

ヒューガンは考えるのを放棄すると、何か吹っ切れた様子でそう言った。

「もちろんです！」

ラゼは激しく彼に同意する。

なぜなら、

（お偉いさんの子どもを怪我させるなんてっ。考えただけでも震えるわっ！）

護衛対象を自ら傷つけるなど、彼女からすれば論外もいいところなのである。


「戻りました」

「ん。おかえり」

運営室に戻ると書類にペンを走らせたまま、アディスが適当に返事をした。

集中しているのだろう。全くラゼには見向きもせずに作業を続ける。

（おかえりって久しぶりに言われたな……）

彼女は言われる機会が少ない挨拶に、ちょっと驚いた。同室のフォリアには言ってもらえることもあったが、まさかアディスに言われるとは。

彼からすれば、何とも思わない挨拶だとしても、帰る家に誰もいないラゼにとってその言葉は少しだけ特別だった。

「どうしたの。ぼーっと突っ立って」

アディスは、立ち尽くしていた彼女に気がつく。

「いえ。何でもないです」

ラゼは首を横に振る。

そのままちらりと横を向くと、クロードはぐっすり寝ていた。

（まだ三十分くらいしか経ってないもんな）

ラゼは時計を見て時間を確認してから、そっと椅子を引いてカーナの机に座る。

「外で作業しなきゃいけないことは、大体終わらせて来ました。後はこの資料を終わらせてしまいますね」

「……あれだけ量のある作業をどうやったら、三十分足らずで終わらせられるわけ？」

アディスは自分が終わらせた資料に目を落としてから、ため息混じりに尋ねた。

「移動時間を省けば、これくらいで終わりますよ」

ラゼは答えると、整頓しておいた資料に手をつける。

「……君って、本当に謎が多いよな」

アディスはポツリとそう溢した。

「そうですか？　普通の特待生だと思いますけど」

ラゼはフォリアのように図星を突かれて慌てふためくなんてことはせず、落ち着いて返事をする。

「普通の庶民なら、まず特待生にはなれないと思う。冒険者だったって言ってたけど、移動魔法の使い手で君の特徴に当てはまるような存在は噂にすらなっていない。それなのに理事長先生は君を引き抜いてきたって言ってた」

「依頼の関係で、たまたまご縁があっただけですよ」

あまり深掘りされるのは困る話題だ。表情は変えずに、ラゼは平静を装って答えた。

アディスは考え込んだ様子で、書類にスタンプを押す。

少しの間、紙をめくる音と、ペンを走らせる音だけがその場を支配した。

ラゼは少しぎこちない雰囲気に、知らないフリを決め込んで書類に目を落とす。

「君さ……」

アディスが珍しくためらった様子でそう口を開くので、彼女は視線を上げた。

「もしかして、危ないものでも運ぶ仕事をしてたんじゃないの？」

銀色の瞳が、真剣にこちらを向いていて。

ラゼは視線に射貫かれて、顔に出さないものの一瞬息を止めた。

「別に何をしてるかは言わなくていい。でも、これだけ優秀な移動魔法が使えるのに冒険者としての噂がなくて、皇弟殿下とたまたま知り合うなんて仕事が安全なものだとは思えなかった。――もし、危ない仕事をしてるって自覚があるなら、辞めたほうがいい」

アディスは今まで聞いたことがないような、冷静な声色だった。

そしてラゼもまた、今までになく悲しい顔つきに変わる。

（危ない仕事は、辞めろ。か……）

ラゼは軍人だ。アディスが想像しているであろう、その場限りの契約でモノを運ぶような仕事はしていない。

確かに、命を懸ける仕事をしているが、それを否定されるのは思ったより辛かった。

彼の言う危ない仕事を生業とする軍団は、騎士団のように民間人と関わることはほぼない。どんな仕事をしているかなんて、よく知らないだろうし、興味だってないだろう。

騎士は花形。軍人は裏方、汚れ役。

そう言われるのは今に始まったことではない。

しかし、それでもラゼは自分の仕事を誇りに思っていた。そしてその仲間たちのことも。

(結構、ショックかも……)

今、危ない仕事は辞めろと言った彼を含めた国民を守るために、自分たちは時に命を懸けて任務に臨んでいるのに。そう簡単に辞めろと言われると、悲しくもなる。

たとえアディスがそれを知らないとはいえ、正直胸に込み上げるものがあった。

「ハハ。心配してくれてるんですか？」

無理やり乾いた笑みを浮かべ、ラゼは言う。

「平気ですよ。私みたいな小娘がやる仕事なんて高がしれてます」

彼女は努めて明るく振る舞った。

これ以上、彼の口から遠回しにでも、自分の仕事を否定されるような言葉を聞きたくない。

「確かに大変なこともありますが、今の仕事、嫌いじゃないんです。心配しないでください」

仕事に関することを拒絶するように、ラゼはそう言って話を切った。

「私、ちょっと抜けますね」

気持ちの切り替えがうまくできず、彼女は失態を犯す前にと運営室を出た。

◆

ラゼが出た後、パタンと、扉が音を立てて閉じる。

「今のは良くないですよ」

「……起きてたのか。クロード」

「はい。すみません、寝てしまって」

クロードがソファから起き上がり、アディスは小さなため息を吐く。

「俺、間違ったことは言ってないと思うけど」

そう言ったアディスに、クロードは目を伏せた。

「じゃあ、さっきの言葉。危ない仕事なら辞めなよって、わたしにも言えますか？」

クロードはいつもつけている手袋に触れながら、彼に問う。

アディスはその様子に言葉を失った。

クロードが皇族を守るために裏家業で暗殺をしていることを、アディスは知っている。

自分の手を汚しても、ルベンを守っているクロードに、その努力を否定する言葉をかけられるはずがなかった。

「憶測だけで、仕事を辞めろなんて言わないでください。もうラゼさんにこういう話をするのはなしですよ。わたしも人に言いづらい仕事をしている身として、詮索されたり口を出されたりするのが嫌なのは痛いほどわかります」

アディスは自分が良かれと思って言った言葉が、ラゼを傷つけた可能性を知って、グッと歯を食いしばる。

軽率だった。いや、きっとクロードに言われなければ、彼女にこの場から出て行くほど嫌な思いをさせたことに気がつけなかっただろう。

それは他の令嬢相手であれば、全く考える必要のない気遣いで。

アディスの握ったペンに、力がこもる。

◆

（あーあ。流石に感じ悪いよね。私……）

気分転換に教室を出たものの、行き先はない。

ラゼは先ほどまでの自分の言動を反省しながら、何となくその場しのぎに手洗いへ向かう。

「グラノーリ」

「――殿下」

すると、ハーレンスとの会議を終わらせたルベンと鉢合わせた。

「理事長先生が、手の空いた時でいいから理事長室に来るようにだそうだ」

「わかりました」

ラゼは頷く。

「……あの、カーナ様は？」

彼女はそこで気になっていたカーナの容態を尋ねた。

ルベンは陰りのある表情で、口を開く。

「フェリル先生いわく、寝不足からくる過労だそうだ」

「寝不足、ですか……」

ラゼは口元に手を当てて考える。

「カーナはひとり部屋だ。夜も無理をしていたんだろう」

「すみません。気がつけなくて……」

「仕方ない。それはわたしも同じだ」

ルベンは少し考えた後、何かを決心したような瞳で彼女を見つめた。

「グラノーリ」

「……はい」

「しばらくの間、カーナと一緒に寝てくれないか。寮母さんにはわたしから話を通しておくから」

正直に言えば、夜の行動が難しくなるのでカーナと一緒にいることは得策とはいえない。

しかし、そもそも自分の役割というのは、カーナたちを見守ることにある。これは受けるべき話だ。

「わかりました。私とフォリアの部屋に来てもらうようにしましょう。ベッドも私の魔法で簡単に運べるので」

「……悪いな。助かる」

「いえ。お泊まり会みたいで楽しいと思います」

本当は自分が側にいたいだろうに、ルベンも難儀なものだ。ラゼは苦笑する。

「……わたしは今から寮に行ってくる」

「了解です」

ルベンは元来た道を再び戻っていった。

「さてと。フォリアに何も聞かずにオッケーって言っちゃったな。ちょっと様子見てこようか」

ラゼは転移魔法で校舎の屋上に出る。

眼下を見渡せば、外で校門を飾る予定のオブジェを作っているフォリアの姿がすぐに見つかった。

「フォリア～」

「あっ、ラゼちゃん。どうかしたの？」

顔に絵の具がついたままのフォリアが、ラゼを振り返る。

「絵の具ついてるよ、フォリア」

ラゼは笑みを浮かべながら、自分の頬を指さした。

「ふぇっ。本当？」

「あ、触っちゃダメだよ」

慌てて汚れを落とそうとする手にも絵の具が付いていて、ラゼはフォリアの手を掴む。

「何してるの……？」

そこに、側で作業をしていたルカが顔を覗かせた。

彼はフォリアの顔と、ラゼが掴んだ手を見て状況を理解したのだろう。はぁ、とため息を吐きながら、水魔法で小さな水球を作り出し、フォリアの汚れを落としていく。

（器用だな……）

やはり、魔法の扱いはルカが一番長けているとラゼはそれを見て思う。

水球を作ることは皆、比較的簡単にできることだが、それを使って人の肌に付いた汚れを優しく浮かし取るのは至難の業だ。

天才はやることが違うな、なんて彼女は考えるのだが、「モノを移動させる」ことに関して何でもアリ状態の魔法を使うラゼが言えたことではないだろう。

「はい。取れた」

「ありがとうございます。ルカくん」

「……別に、大したことじゃない」

天使フォリアの微笑みを食らったルカは、視線を逸らした。それで好意を隠しているつもりなのだろうか？　丸わかりである。

……フォリアには伝わらないだろうが……。

ラゼは少しルカに同情した。

「それで？　グラノーリは何しに来たんだよ？」

彼女の視線に気がついたのか、ルカは我に返って話を変える。

「そうでした。フォリア、今日からしばらくカーナ様も私たちの部屋で寝ることになりそうなんだけど、いい？」

「うん。もちろんだよ」

「よかった。カーナ様、寝不足が原因で倒れちゃったみたいだから、見張ってててって殿下に頼まれたの、勝手にオッケーしちゃったんだ」

フォリアに断られるわけがないと思っていたのは事実だ。ラゼは少しだけバツが悪そうに、本当のことを言う。黙っていればよいのに、天使を前にするとどうしてか、偽りたくない。

「大丈夫だよ。あ、でも。わたし、すぐに寝ちゃうから、役に立てるかなぁ？」

勝手に話を進めたことについて、フォリアは案の定怒ることはしなかった。

それどころか真剣にそんなことを言うものだから、ラゼは笑ってしまう。

「はは。フォリアが気持ちよさそうに寝てたら、きっとカーナ様も眠たくなっちゃうよ」

「ラゼちゃん。それって、褒めてる？」

からかうつもりはなかったのだが、むうっと頬を膨らませるフォリア。

「わたしだって、もう大人だもん。夜更かしくらいできるよ」

（あっ……）

珍しいその拗ね方から、ラゼは何かを察する。

（これは、もしかするとモルディール卿と何かあったな……？）

子ども扱いされていることにご不満、といったところか。

しかし残念ながら、「夜更かしくらいできるよ」という発言は、まさしく子どものそれである。

「夜更かしなんてしなくていいんだよ。フォリアまで倒れたら困る」

宥めるようにラゼが言うと、フォリアはハッとした。

「元気で笑っているのが、一番可愛いよ」

思ったままを口にして、にっこり笑うラゼに、フォリアは目を丸くし、ルカが眉間にシワを寄せる。

「フォリア。簡単に可愛いとか言ってくるやつは、言い慣れてるから言えるんだ。気をつけた方がいい」

「へ？」

ルカが、さりげなくラゼの肩を押してフォリアから彼女を遠ざける。

「ちょっ。そんな、私は思ったことを言っただけですよ！」

フォリアを守るように、間に立ったルカにラゼは心外だと訴えた。

「自分が言えないからって、そうやっ。ムグッ!?」

人に当たらないで欲しい。という言葉は、ルカの手で頬を掴まれたことにより阻まれる。

「なんか、言った??」

怒っている。いつもは中性的で麗しい瞳が見開かれ、鋭い眼光を飛ばしている。挟まれている頬が痛い。絶対に加減をしていない。

（や、やばいッ）

どうやら、本気で怒らせてしまったようだ。

夏のバトルフェスタで少しだけ距離が縮まったと思ったのに、やってしまった。

「にゃ、にゃんでもありまひぇんっ」

彼女はもう言わないと、必死に目で訴える。

「ルカ様？」

ルカの背中に隠されたフォリアは、ラゼから漏れる奇声にきょとんとした。

彼女に名前を呼ばれて、ルカはやっと手を離す。

「痛いです……」

「本気で掴んだからね」

「……すみません」

釘を刺されて、ラゼは大人しくその場を退く。

「じゃあ、私は運営室に戻ります。フォリア、無理しないようにね」

「うん。ラゼちゃんも」

ラゼはそのまま運営室に戻った。

「戻りましたー」

扉を開けて中に入ると、一斉に二つの視線が自分に突き刺さる。

ラゼは内心びっくりしながら、そういえば気分転換に教室を出たことを思い出す。

「え、それはどういうことですか⁉」

アディスはルカの名前を聞いて拍子抜けした。

「ルカ？　なんだ。それなら仕方ないね」

「大したことじゃないんですよ。ちょっとルカ様の逆鱗(げきりん)に触れてしまっただけなので」

あまりにも自然に顔に手を伸ばされたものだから、ラゼも普通に答える。

「――で？　誰にやられたの？」

彼はラゼの前に立つと、そっと彼女の頰に触れた。

アディスは呆れた様子で、席を立つ。

「この短時間で何をしてたら、そんなことになるんだよ……」

ラゼはため息混じりに呟きながら、片想いの男子を刺激してはいけないと、心のノートにメモを残した。

「思いっきり掴まれたもんなぁ。次からは気をつけよう」

どうやら、ルカに掴まれたところが赤くなっていたらしい。

「え？　ああ……」

「頰。ちょっと赤くなってますよ」

クロードに不思議そうに尋ねられ、ラゼは首を捻る。

「はい。毛布とかありがとうございます。……あの、どうしたんですか、それ？」

「あ、クロードくん。おはようございます。すっきりしました？」

ラゼは彼の反応にムッとしたが、先ほどとは打って変わって優しく触れられたことが印象に残って。

（……ルカ様の言いたいこと、分かったかもしれない……）

慣れてるな、と思いながら、彼女は小さくため息を漏らす。

◆

カーテンで仕切られたベッドで、カーナは夢を見ていた。

長い、長い夢だ。

足元からどんどん黒い何かが自分を飲み込んでいく。恐ろしい夢。

いつから悪夢を見るようになったか、彼女にもわからない。

たとえ、うなされないで目を覚ましたとしても忘れているだけで、本当は悪夢を見ていたのかもしれない。

どうしてこんな夢を見るのか。

そう考えて、いつも思い当たるのは、自分がこの世界の住人ではない異物だからなのではないかということ。

命がかかっている。死ぬかもしれない。

（ううん。違う……）

彼女はズブズブと身体（からだ）が闇の沼に落ちていくのを感じながら、一番恐れていることは、本当は違うと認めた。

誰かを殺してしまうかもしれない。

そして、それが最愛の人だとしたら……。

――怖かった。

自分が死んでしまうことは、あまり考えていなかった。前世で死んだであろう自分が、死の直前まで死を考えなかったように。今も、なんだかんだで生き延びている自分に、それでいいと思っていた。

しかし、もし――。もし、このまま冬を迎えて、自分が怪物になってしまったら。

その身体で彼を傷つけてしまったら。

想像するだけで、自分が許せないナニかに思えて気持ち悪かった。

『悪役令嬢。怪物の器。鳥籠の中で大事に育てられた、悲劇のお姫様』

声が、聞こえる。

『どうして、あなただけ幸せになるつもりなの？』

何故（なぜ）だろう。どこかで聞いたことがあるような、女性の怒りがこもった哀しい声が聞こえた気がした。

◆

ラゼは黙々と作業を進めた。

机に積み重なった資料を確認をしてチェックやらサインやらをすること数十回。

「よし。あらかた終わったかな」

途中でフォリアの様子を覗きに行ったり、休憩を挟んだりしたが、校舎の開放時間の終了間際で彼女は任務を遂行した。

（やることはやったけど……）

しかし、ラゼはやり終えた書類の山を見て浮かない顔だ。

「それ、全部終わらせたの？」

「……一応」

アディスに声をかけられて、彼女は曖昧(あいまい)に頷く。

「何か不備でもありましたか？」

「いえ。ただ、カーナ様ならもっと色々細かく考えて指示を出すのかなと。私は事務的にチェックしただけなので……」

クロードに答えて、ラゼは自分が手をつける前にカーナが終わらせていた資料を手に取った。

そこには「こうすればもっと良くなる」というアドバイスなど、学園祭をより良くするための言葉が事細かに書かれた資料が添付されている。

（ひとつひとつ、こんなに丁寧にやってたら仕事が終わらない訳だ……）

決して口に出しては言わなかったが、カーナがこの学園祭にかける熱量を知ったラゼ。

手が抜けないところが放っておけなくて、彼女の長所かつ短所でもあるとは思うが、これと比べてしまうと自分の仕事がずさんに感じてしまう。

学園祭は由緒正しきセントリオールで、初の試み。貴族の学生たちに屋台みたいな感じです、なんて言っても伝わり難いし、こうして細かくコメントをしてあげないと、方向性もあやふやなのだろう。

理想とする形をわかっている前世の知識がある者たちが舵取りをしなければ、その道のプロを雇って学校にお店を開きましょう、という「学生が店のプロデュースをする会」に趣旨が変わってもおかしくなかった。

実際、そのようなお金持ち思考の企画案が提出されたことがあり、その度にカーナが説明へと走った。

つまり何が言いたいかといえば、カーナの努力は偉大なのである。

思い描く完成形を知識で共有しているラゼにはそれがよくわかった。

カーナはこちらの世界で「働く」ということはまだしていないはずなのに、ここまで初めてやる企画を形にしていくことができるのは、やはり前世の経験によるものだろう。この世界ではすでに成人を迎えたとはいえ、普通の学生がやるような作業の範疇を越えている。

こういうところに、前世の行いは影響するのかとなんだか感慨深い気持ちになりながら、ラゼは手に取った資料をそっと置いた。

（こうやって資料が並べられた机で作業すると、軍での生活を思い出すなぁ）

彼女は肩をくるりと回す。

「お疲れさまです！」

そこで作業を一段落させたフォリアたち装飾チームが運営室に戻ってきた。

「お疲れー。外装はどんな感じ？」

ラゼはフォリアに進捗（しんちょく）を尋ねる。

「いい感じだよ。明日からはアブロ先生も来てくれるから、オブジェの配置のチェックを進めようと思ってるんだ」

フォリアは自信に満ち溢れた表情で報告した。

しかし、ラゼはその言葉を聞いて内心穏やかではない。

（シーナ・ウェイク・アブロ……）

その原因は、この学園の美術教師の名前が彼女の口から出たことにあった。

（護衛しながら敵の様子も探らなきゃいけないなんてさ。人手が足りないよ、本当に）

十五年前からずっとこの学園で息を潜めていた帝国の使者。

それだけの時間をかけて、金の卵たちを潰そうとする帝国の執念にラゼは頭が痛い。

（向こうはまだ、自分が密偵だってバレてることに気がついてない。彼女の連絡手段は私が押さえて、協力者たちについては〈影の目〉が捕縛するのに成功したから、こっちはあと上からのゴーサインを

待つだけなんだよな）

彼女は学園生活の裏で起こっていた出来事を振り返った。

ラゼはカーナの毒入りお菓子以降、図書館の利用状況を気にしていた。

何せ、この学園の図書館は許可があれば外部からも学校関係者ではない人間が出入りできる。何かやり取りをするならば、打って付けの場所だった。

それが調べていくうちに、定期的に図書館に出入りをして、バトルフェスタやらなんやらでは殺気を放っていらっしゃったので、最終的にはターゲットに絞られた経緯があった。

（まあ、私は報告してるだけで、大したことはしてないんだけど）

密偵の仕事など、そんなものだ。

相手は十五年も影薄く過ごしていたのだから、たった一年でそれを暴いてしまったことには同情すら覚える。

（まさか本当にスパイがいるとは思わなかったな）

軍人の自分が生徒に紛れることになって、ずっと平穏な日々を送っていた。

毎日美味しい食事ができる。お風呂にもバッチリ入れる。可愛い女の子の友達とお喋りできる。

正直、護衛活動という名目のサバティカルだと思っているところがあったのは、否めない。

平和ボケして、だらけそうになることは何度もあった。

だから、実を言うと、こうして軍人として自分のやるべき仕事があることは、ラゼにとって嫌なことではない。

（生徒たちの気持ちに配慮しなきゃいけないし、アブロ先生の排除はひっそりやる方針だけど。それまで面倒を起こさないで欲しいなー）

ラゼはそんなことを頭で考えながら、フォリアがニコニコしてクロードやイアンと話しているのを見つめた。

普通に考えて、学園にいるスパイを泳がせてると知られたら、保護者に訴えられる案件。

裏で工作する悪役の気分を味わっていた。

「さて。もう時間ですし解散しましょうか」

寮に戻ったらまず先に夕食にしようと心に決めて、ラゼは席を立つ。

「カーナ様を迎えに行かないと」

彼女はそう言ってルベンの表情を窺った。

「わたしも行く」

視線を受け取った彼は勿論だと言わんばかりの返事。

ですよねーと思いながら、彼女は皆と一緒に部屋を出る。

そして扉を開けて、ラゼは目の前に現れた人物に目を見張った。

「グラノーリくん」

「理事長先生！」

そこには理事長ハーレンスがいた。気が付いた周囲の生徒も、彼に会釈をしている。

「今、いいかな？」

この後、隙を見てハーレンスの部屋を訪ねるつもりだったのだが、直接彼が会いに来たことに彼女は焦った。

ちらりとフォリアを見ると、

「カーナ様のことは任せて！」

そう言って頷いてくれる。

「ありがとう」

ラゼはフォリアとルベンを一瞥し、廊下に出てハーレンスの前に立つ。

「すみません、私から伺うつもりだったのですが」

「いや、こちらこそ急に訪ねてすまないね。食事はもう摂ったかい？」

「いえ。まだです」

ハーレンスが歩き出したのに合わせて、ラゼもその隣を行く。

「そうか。なら、理事長室で食べながら話そう」

ふたりの姿はそこでふわりと煙のように消えた。

◆

「ラゼちゃん、何の話をするんだろう？」

ラゼとハーレンスがいなくなった廊下を振り返り、フォリアが呟く。

それは純粋な疑問を口にしただけの言葉だ。

「わたしが会議を終えた後に、グラノーリに伝言を頼まれていたから、その件だと思う」

ルベンはフォリアに答える。

「そうなんですか。……ラゼちゃんも、たくさん作業して疲れてないかな」

彼女は息抜きにモルディール卿に会いに行ったことを思い浮かべた。

彼と会うと、いつも子ども扱いされている気がして不満なのだが、今日は甘やかされるのがちょっぴり嬉しかったのは秘密だ。

「後でお礼を言わないと……」

物思いにふけるフォリアから漂うほんのり桃色のオーラに、ルカが敏感に反応する。

「グラノーリなら別に心配しなくてもいいでしょ」

恋敵（こいがたき）に味方されてしまう彼にとって、やっぱりラゼは苦手な存在だ。

好きな異性に「十八時になったから、ゼール様のところに行かないとラゼちゃんに迷惑かけちゃう」なんて言われる身にもなって欲しい。

どう考えても、ラゼを味方とは思えない。

「確かに、疲れがたまっているようにはとても見えませんでした」

クロードは集中して次から次へと書類を片付けていた彼女を振り返って苦笑した。

「そういえば」

その隣を歩いていたイアンは、頭の後ろに組んだ両手を置きながら、何となく思い浮かんだことを声に出す。

「グラノーリが疲れて寝てたのを見たのは、翡翠の宮に行った時だったな。……あの時、寝起きであんな反応されるとは思わなかった。自分の身を守るための習性がしみ込んでる感じがして、ちょっとびっくりしたんだ」

彼のさりげない一言は、思いの外廊下によく響いた。

◆

ラゼはいつもより気持ち小さく切り分けたハンバーグを頬張る。

彼女は理事長室にて、優雅にワインを飲むハーレンスと同じテーブルを囲んでいた。

「――そういう訳で、今回も『死神の玩具屋』の協力あって、無事に外部の人間を招待することができそうだ」

彼はそう言って、リストバンドをラゼに差し出す。

ラゼはフォークを置くと、それを手に取って組み込まれている魔法を確認した。

「すごいですね……。こんな高度なものを量産したんですか？」

それは、学園祭の参加者たちに配ることになった入場許可証のリストバンド。

何でも、悪意を察知すると収縮するらしい。

ちなみに登録をすると誰がどこにいるのかも把握できる代物だ。とても簡単にできるようなものではない。

「君が気兼ねなく学園祭を楽しめるように、玩具屋が頑張ってくれたみたいだ」

ハーレンスは苦笑する。

それが、昔軍で開発した拘束道具を応用して作ったものだとは、決して公では口に出して言うことはできない。

「そうでしたか」

一方でラゼはセルジオ・ハーバーマスのことを思い浮かべて、優しい気持ちになっていた。

(今度お礼を言わないといけないなぁ)

彼とはそんなに長い付き合いでもないのだが、まるで昔からの知人のように慕ってくれている。

バトルフェスタの時にもスクリーンを作ってくれたようだし、次の休みには礼をしなければならないなと彼女は思う。

しばらく会えていないのだが、自分を気遣ってくれることは素直に嬉しかった。

「テストは無事に終え、生徒に直接危害を加えるようなことはほぼできないと断言していい」

「はい」

ラゼは一緒に渡されていた、実施試験の結果がまとめられた資料に目を落とす。

「気をつけるべきは、間接的、計画的な犯行だな。当日は夏と冬の大会のように、騎士たちに警備をしてもらうことになってはいる。ただ、校舎を使った学園祭となると、死角はどうしても増えるな」

ハーレンスはそう言うと、グラスに口をつける。

（まあ、おかしな行動をすれば、位置情報でわかるかな。あと考えられるのは誰かに利用された悪意のない行動とか？）

ラゼは本番をイメージしながら考えた。

初めての企画は、やらなくてはいけないことが多い。それも、晴蘭（せいらん）生まれの金の卵たちだらけの学園なので、警備費は馬鹿にならない。

（よく、学園祭なんて受諾したよな）

生徒の自主性を重んじるとはいえ、ハーレンスも頑張るよなと思いながら、ラゼは資料を見つめていた。

「ここだけの話なんだがな、オーファンくん」

彼は中身を飲み干すと、空になったグラスに再びワインを注ぎながら呟く。

「オーファン」と呼ばれたラゼは、無意識のうちに背筋を伸ばした。

「君も思うところがあるかもしれないが、できる限り皇子を優先して注意を払ってくれ。万が一にも、彼に何かあっては困る」

きっと、少しの葛藤もあったことだろう。

ハーレンスは言葉を言い切ったが、ラゼはわざわざ「皇子を優先しろ」と言った彼の心境をなんとなく悟る。

（まあ、それはそうだよ。みんな大事な生徒だろうけど、彼は未来の皇上陛下。この社会に身分制度がある時点で、順番はつけないと）

学園の生徒として紛れ込み、自然に近くでルベンを守れる位置にいる彼女。

（迷われたら、私だって困る）

正直、これまでだって最優先はルベンだった。今更言われるまでもない。

「ハイ。承知しております」

ラゼは真剣な眼差しで、ハーレンスに応えた。

ハーレンスはそれを見て、困ったように眉をあげる。

「そうか……。本番まであと一週間だ。無事に学園祭が終わるように、互いに最後まで準備をするとしよう」

「ハイ」

彼女は頷くと早速、万全な体調を維持するため、冷め始めたハンバーグを再び口に入れた。

「あ、ラゼちゃん。おかえり！」

「ただいま」

ラゼが寮の部屋に戻ると、いつもとは違って部屋の真ん中にベッドがひとつ置いてある。

「カーナ様は？」

「一旦お部屋に戻ったところだよ」

カーナの姿が見えなかったので、すでに寝間着姿のフォリアに問うと、そう返された。

「今日は大事をとって、早く寝ようって話してたの。もうご飯も食べて、お風呂も入っちゃった」

「そっか。私も今日は早く寝よー」

フォリアは驚くくらい熟睡するので、夜は比較的自由に行動していたのだが、カーナがいるとなると話は違う。

仕切りのカーテンは使えないし、しばらくの間は大人しくベッドに寝転んでいるほうがいいだろう。

「カーナ様がね、こういう風に夜集まって一緒に寝るのは、『パジャマパーティー』みたいって言ってたよ」

パーティーという響きが楽しいのか、フォリアがわくわくしているのが伝わってくる。

「はは。興奮したら寝られなくなっちゃうよ？」

ラゼは笑った。

あれだけ寝付きの良いフォリアだが、そのテンションだと寝られないかもしれない。

「うっ。そ、そうだよね。三人でこうして一緒に寝るのは初めてだから、浮かれちゃってたかも」

フォリアがしょんぼりすると、まるで子犬みたいで、ラゼの表情筋はゆるゆるになる。

「私も嬉しいよ。たぶん学園祭までは一緒に寝られるから、カーナ様が元気になったら、こっそりパーティーしよう」

「‼　うんっ！」

ぱあああぁっ、と目を輝かせるフォリア。

（やっぱり、フォリアはそのままが一番だよ）

ころころ表情を変える彼女に、そう思いながら、ラゼは制服からラフな私服に着替える。

「そういえば、モルディール卿とはどうだった？」

「は、はうっ」

「………………」

全く、飽きない子だなぁと。

ラゼは服を脱ぎかけた手を止める。

他の女の子にされたら苛（いら）つくかもしれない、ヒロインに許されしあざと可愛い反応だ。

「ふーん。何かあったのかなぁ？」

ラゼは、つい彼女を煽る。

「な、何もないよ！」

「へぇ〜」

「本当だもん！」

「ほぉ〜」

にやにやしながら着替え終えると、フォリアが頬を膨らませていた。

ほっぺをまん丸にしていて、指で潰したくなったが絶対怒られるのでやめておく。

そこで、コンコンと扉がノックされる音が響いた。

「どうぞ～」

ラゼが声をかけると、扉の向こうからそっとカーナが顔を覗かせる。

「あ、ラゼ。戻ってきてたの？」

「はい。体調はどうですか？」

「平気よ。心配かけてごめんなさい」

大丈夫ですよ、と答えてラゼはカーナを中へ勧めた。

「もう。聞いてください、カーナ様！」

するとむくれていたフォリアが、カーナを味方に引き入れにかかる。

「どうしたの？」

珍しく不満をあらわにしている彼女に、カーナはきょとんと首を傾げた。

「ラゼちゃんに虐められてるんです。わたしはゼール様と何もなかったって言ってるのに、ラゼちゃんが信じてくれなくて！」

カーナの後ろに隠れて、チラチラとラゼを見るフォリア。

カーナはその反応に戸惑った様子でいる。

「ほーう。それじゃあ、本当に何もなかったのかモルディール卿に今度聞こうかな～」

「ふぇっ!?」

フォリアはびくりと肩を揺らし、カーナの服を掴んだ。

嘘をつくのが下手すぎる彼女だ。

それでカーナも状況を把握したのだろう。

「もう、ラゼ。あまりフォリアさんを揶揄(からか)ってはだめよ？」

ラゼはカーナに窘(たしな)められる。

フォリアがカーナの側から「そうだそうだ」と視線で訴えているが、モルディール卿と何かあったと肯定してるのも同じだ。

「ごめんなさい。フォリアが可愛くて、つい……」

ラゼはそこで大人しく引き下がった。

「ごめんね、フォリア」

本当には嫌われたくないので「許して？」と彼女にせがむ。

「うっ。そ、そんな目で見ても……。……許すもん！」

訳の分からないことを言いながら、許してくれる。

ラゼとカーナは、それを見て楽しそうに笑った。

そんなくだらない話で笑い合う楽しい夜は、すぐに過ぎて。

ついに、学園祭当日がやってくる。

◆

カーナが倒れた数日後の、とある軍施設の一室。

ラゼ・シェス・オーファンの執務室であるその部屋で、クロスは副官として彼女の留守を任されている。

ラゼが席を空けることが続く生活は、一年と半年ほどが過ぎて、それなりに今の仕事に慣れてきた頃だった。

「大尉！　代表からお届け物です！」

「ありがとう」

扉をノックしてから、元気よく入室したビクターが封筒を提出する。

見るからにソワソワしている彼に、クロスは苦笑しながらそれを受け取った。

いつも送られてくるものより、少し大きな封筒を丁寧に開ける。中からは、便箋とチケットケースが出てきた。

久しぶりに小さな上司から届いた便り。

クロスはまず、便箋を手に取った。

『もし時間があれば、無理のない範囲で是非』

そして、読み終えた彼は、今回送られてきたチケットケースの中身が何かを理解する。

「学園祭の招待券か！」

「え！」

彼はすぐに同封されていた招待券を確認した。

内容を確認するまで部屋を出る気がなかったビクターは、クロスの言葉を聞いて目を輝かせる。

「……二枚」

クロスはその枚数を見て、ボソリと呟く。

「大尉」

状況を素早く判断したビクターが、このチャンスを逃しはしまいと彼を呼ぶ。

しかし、クロスはそちらを見ない。

どう考えても、嫌な予感しかしていなかった。

「考えていることはわかりますよ、大尉。その券をめぐって、また何か起こるんじゃないかと心配なんですよね」

ビクターは、うんうんとひとりで相槌を打ちながらクロスに言う。

ラゼの婚約騒動での一件を思い出したクロスは、無意識に昔折れた腕をさすった。

「二枚しかないのであれば、ここだけの秘密にしましょう」

こいつ、言いやがった。と。

そこで思わず、ビクターに視線を戻す。

「ビクター、お前……」

さっきまでソワソワ、にこにこしていたビクターの顔が、完全に悪役のそれになっていた。

「大丈夫ですよ。もしバレてしまったら、代表が僕たちを指名して招待してくれたんだと言い張りましょう」

どうしてこういう時だけ、そんなに威勢がいいのかと。クロスが呆れながら、券を袋にしまおうとしたその時だった。

「大尉～。そろそろ、昼飯」

バンと。

ノックもしないで扉を開けて、そいつはやって来た。

「ん？　ビクターもいたのか」

「ハルル……。ノックくらいしろよ。代表がいる時はするくせに……」

クロスは心臓が飛び出そうになったのを顔に出さず、自然を装って手紙をしまいにかかる。

「何それ？」

しかし残念ながら、こういう時に限ってハルルはそれを見逃してくれなかった。

「もしかして代表から？」

彼は部屋の中までずんずん進み、クロスの前に迫り来る。

ビクターは下手に誤魔化せば、逆に怪しまれるとでも思ったのか、見たことのないくらい落ち込んだ表情でクロスをただ見つめている。

視線を注がれたクロスは、そんな情けない顔でこっちを見るなと言いたかった。

「やっぱり、代表からじゃん。今回はなんだって？」

側に置かれていた封筒の宛名を見たハルルが、不思議そうに尋ねる。

どうせ、隠しても良い方には転ばないと思ったクロスは、仕方なく口を開く。

「学園祭のことについてだ」

「あぁ。もしかして、この前実験してたリストバンドのことか？」

「それもあるけど、当日の招待券が二枚届いた」

「——ああああ」

ハルルにそう告げた途端、ビクターがその場に崩れ落ちた。

「うお!?　驚かせんなよ、ビクター」

突然のことにハルルが声を上げる。

「終わった……。どうせ今回も、僕は学園にいる代表に会えないんだッ」

ビクターは思いの丈を吐露。

彼から漂う負のオーラに、ハルルはクロスと顔を見合わせた。

「お前、そんなに代表に会いたかったの？」

ハルルは面食らったまま問う。

「代表が、あの『狼牙』が、可愛い制服を着て学校に通っているんですよ？　興味がない訳ないじゃないですか。ああ、僕も代表の試合を生で見たかったのにな。どうしてこの前の大会も警備役になれなかったんだろう。もう、本当に心の底から、一緒に勉強してる学生が羨ましすぎますよ。僕だって代表と一緒に学園生活を送って、色んなことを教えてもらいたかった。きっと毎日新鮮なんだろうなぁ。いや、同じ空間にいるだけでありがたいというか……」

つらつらとビクターが饒舌(じょうぜつ)に語り出した。

「そういえばこいつ、代表に会いたいがために入団して、第五三七特攻大隊を志望し続けたんだっけ」

自分の世界に入ってしまった彼を遠巻きに、ハルルがクロスに確認する。

「思い出したくなかったけど、そうだった」

クロスは頷く。

「なんか、可哀想になってきたな」

ハルルはあまりにも悲観しているビクターに、同情した。

「今回はオレたち、警備に呼ばれなかったもんなぁ。行きたいなら、このチケットを手に入れるしかないってことか」

「そうなんですよ!!」

すると、ハルルの発言を拾ったビクターが食いついてくる。

「どうして、学園祭の警備は騎士団だけでやるんですか!? そんなに外面が大事なんですか!?」

「………そう怒るなよ。もし、代表がいない貴族の学園を軍が守るってなった時を考えてもみろ」

クロスの指摘が的を射ており、その場のふたりは沈黙した。

「なんでお前まで黙るんだ?」

「いや。だって、大会も同じことが言えるなと……」

きっとラゼがいなくなった後のことを想像したのだろう。ハルルが眉をひそめる。

「でも、それじゃあ、なおさらチケット欲しいですよ」

ビクターの困り果てた様子に、クロスは頭をかく。

「仕方ない。どうせ、みんな行きたいんだろう？　下手に暴れられるより、ちゃんと勝負をつけたほうがマシだ」

彼が何を言いたいのか、瞬時に理解した戦友のハルルは、ニヤリと口角を上げる。

「そうこなくっちゃ！」

「？」

ビクターはきょとんと首を傾げた。


「うぉおおお」

「さっさと、諦めろよ！」

「中尉こそぉおお!!」

ふたりの男が、殺気を放って吠える。

顔が赤くなるほど力を込めた、握り合う拳。

力の均衡が破れた瞬間が、勝負のとき。

「おっらぁ!!」

ダン、と。手の甲が机についた。

「――っしゃぁぁああ!!」

腕相撲で勝利したハルルは、歓喜の雄叫(おたけ)びをあげる。

そして、

「くそぉおおおおお」

絶望の声をあげたのは、ビクターだった。

「……何やってんだ？」

騒がしい食堂を、たまたま顔を出しに来ていた「死神の玩具屋」ことセルジオ・ハーバーマスが怪訝な表情で覗き込む。

聞き覚えのある声に、ラゼの部下たちは一斉にそちらを振り向いた。

「ハーバーマス殿!?」

「……ラゼのお付きか」

彼に気がついたクロスが、想定外のとんでもない人の登場に驚きの声をあげ、慌ててセルジオに挨拶した。

「これは一体何の騒ぎなんだ？」

ヤバイ人が来てしまったことに気がついた周囲の男たちによって、前回被害を受けたクロスに無言の憐れみが向けられる。

「……実は、代表からいただいた招待券を……」

腕相撲大会で、ちゃっかり勝ち上がって学園祭行きを決めていたクロス。怪我人を出さずに、そこそこ盛り上がる勝負方法として、この大会を始めたのに、自分はまたセルジオのせいで病院の世話にならなきゃならないのかと。気が気ではない。

「ああ。学園祭な」

言葉を濁した彼だったが、セルジオは案外平気そうな表情で。

「心配しなくても、俺はちゃんと招待券を貰ってる」

彼は自慢げに言って、最後の最後でハルルに負けたビクターを見下ろす。

その場にいた誰もが心の中で、ビクターに合掌する。

セルジオはニヤニヤ笑いながら、勝負に負けたビクターの元へ。

「……なんでしょうか」

わざわざ笑いに来たのかと。

お前はなんて嫌なやつなんだと。

ビクターは、とても嫌そうな声色で尋ねる。

「実は俺、リストバンド作ったおかげで、そこそこ顔が利くんだよなぁ」

「僕も学園祭行きたいです、ハーバーマス様!!」

ビクターが屈するのは早かった。

「なんというか。あいつ、上手く世を渡ってるよ」

「あの瞬時の判断を実戦でも発揮してほしいな」

クロスとハルルは、貴族の出身でありながら軍でなんだかんだ可愛がられている後輩を見て苦笑する。

「よかったな。ビクター」

「あーあ。おれも代表、見に行きたかったなー」

「学園祭ってのも、楽しそうだしな」

腕相撲で負けた男たちは、セルジオが暴れないことに緊張を解いて自由に語りだす。

「それにしても。警備が大変ってのは分かるが、招待券が二枚っていうのも少なくないか？」

そのうちのひとりが、疑問に思っていたことを口にする。

「俺が聞いた話だと、友人や知人を招待する分が二枚だけみたいだ。……保護者は別枠らしい」

学園祭の警備システムに携わっているセルジオが答えた。

彼らはその答えに、ハッと息を呑む。

ラゼはこの二枚分しか、学園に人を呼ぶことができなかったのだ。

その数日後。

「どうしたんだろ、こんなに……。もしかして何かやらかした？」

学園にいるラゼの元には、部下たちからたくさんの仕送りが届くことになる。

どれも必需品で、あって困るようなものではなかったため、彼女は怪しみながらもありがたく受け取った。

しかし、彼らが気遣うまでに至ったその経緯を、ラゼが知る由もなかった。

4 学園祭

「ついに学生姿の代表に会える気分はどうだ、ビクター？」

「それはもう、嬉しいです。ただでさえ、学校の長期休みにしか会えなくなったんですから、めちゃくちゃ楽しみにしてましたよ！」

ハルルに問われたビクターは、強く頷く。

今日は待ちに待ったセントリオール皇立魔法学園、第一回目の学園祭。

ラゼから送られてきた招待券を手にしたハルル。そして、「死神の玩具屋（おもちゃや）」からその切符を貪欲にもぎ取ったビクターの二人は、無事に休暇を取って、クロスとの待ち合わせ場所にいた。

時刻は朝の八時。

学園に転移されるのは九時。

店で朝食でも食べて、時間を待とうということになっていた。

「それにしても、大尉が最後なんて珍しいですね」

「そうだな。まぁ、先に店入ってよーぜ」

ビクターは待ち合わせの三十分前。

ハルルは、十分前に集合場所に来ていた。

クロスの姿はまだ見えないが、ハルルの提案でふたりは先に店に入る。

席に着きながら、ビクターは普段のラフな感じとは違って、綺麗めな私服を着ているハルルを新鮮そうに観察した。

「なに?」

「いいえ。中尉の私服、いつもより気合が入ってるなと」

ハルルはビクターの素直な感想に面食らう。

「貴族の園に行くんだから、これくらい当たり前だろ。戦闘服だよ。戦闘服」

「いやぁ。足が長くてカッコいいですね」

「オレ、お前のそういう素直なとこ嫌いじゃないけど、好きでもないわー」

自分でもらしくないと思っているのか、ハルルはその場を濁した。

ビクターの言った通り、たまの休日には適当な服を着て過ごす。しかし、プライベートだからといって、今回はそういう訳にもいかず、この日のためにわざわざ服を買って来ただなんて彼には言えない。

自分も案外浮かれてるのかもな、と思いながら、ハルルはコーヒーを頼んだ。

「悪い。遅くなった」

待ち合わせの時間から、二十分ほど遅れてやってきたクロス。

「ん。遅かったな。何かあったのか？」

先に食事を始めていたハルルが尋ねると、クロスは頭をかく。

「執務室に寄って来たら、面倒な人に捕まってな……」

彼は困ったように呟いて席に座った。

「その。面倒な人って？」

慣れた様子でクロスが注文を終えてから、ビクターが話題を振る。

「フェデリック教授が」

その名を聞いて、事態を察せない二人ではない。

「朝からご苦労」

「お疲れ様です」

「……まだ何も言ってないんだが？」

揃って労(ねぎら)いの言葉をかけられて、クロスはため息を吐(つ)いた。

ヨル・カートン・フェデリック。「白衣を着た悪魔」と呼ばれる生物学者だ。

彼女はラゼのことを目に入れても痛くないくらいの存在に思っているため、学園祭に行ける招待券があれば、どんな反応をするかなど言わずと知れたこと。

「よく二十分遅れで済んだな？」

むしろヨルに捕まって、この時間に来られたのは運がいいと言うハルル。

「助手が探しに来たから助かったんだ。彼も苦労してるな」

「人のものは盗ってはいけません！」とヨルに一喝いれたあの勇姿は忘れはしまいと、クロスは語る。

「代表のこととなると、玩具屋と悪魔は黙ってられないよな」

ハルルは楽しそうに笑った。

「他人事(ひとごと)だからって笑うなよ。被害を受ける身にもなれ。次はお前かもしれないぞ」

自分ばかり被害に遭っている気がするクロスは、不満気に彼を脅す。

「大丈夫だ。オレはそうならない自信がある」

ハルルはにっこり微笑(ほほえ)んだ。

その胡散臭い笑みに、クロスは嫌な予感がした。

「フェデリック教授は置いておいて。ビクターは、ちゃんと設定を覚えられたか？」

流れを変えようと、ビクターに話を振る。

時々更新される「ラゼ・グラノーリ」の設定をまとめるのは、クロスの仕事だ。

学園から送られてくる彼女からの手紙を読んで、不都合なことがあった時には設定を更新し、時には裏工作もする。

ラゼについて誰かが探りを入れれば、それも分かるようになっていた。

ラゼ・オーファンという存在は、軍の一部でしか認識されていない。

それは彼女がまだ子どもであったり、諜報活動に秀でた才能を持ち合わせていたりなどのさまざまな理由から秘匿とされている。

そして、そもそも軍の外に出て民間に紛れている軍人の正体を、簡単に言いふらしてはいけないのが規律だ。

接触するときには、十分に気を遣っておいて悪いことはない。

今回、その相手はあの「狼牙（ろうが）」だ。

わざわざこうして朝集まったのは、ただ美味（おい）しく食事をするためだけなどではなかった。

「代表の足を引っ張ることだけはできないからな」

クロスは本題に入る。

「はい。いただいた資料を今日まで毎日読み込んだので、問題ないと思います。クロス先輩！」

ビクターは満を持した面持ちで、クロスを「先輩」と呼ぶ。

彼のいつになく張り切っている様子に、クロスは一抹の不安を覚える。

そこでクロスが頼んだホットサンドが到着した。

「じゃあ、オレが聞くことに答えてみろよ」

見かねたハルルが、ビクターに視線を注ぐ。

「任せてください」

自信満々な表情で、彼は構えた。

「じゃあ、代表を呼ぶ時は？」

「ラゼさまと！」

「代表とどんな関係か聞かれたら？」

「ラゼさまは心の底から尊敬する仕事仲間です！」

「自分の職業は？」

「心の底から尊敬する人のもとで精進している、しがない狩人(かりゅうど)です！」

「よし！」

「待て待て待て待てッ!!」

ハルルの機転に甘えてホットサンドを食べていたクロスは、ハルルとビクターの質疑応答に、突っ込まずにはいられない。

「おかしいだろ!?　そしてハルル。お前は何が、『よし！』なんだ!?」

真面目な顔をしてビクターの答えを認めたハルルに、クロスは叫んだ。

「え？　だって、一応、誤魔化せてはいるし。間違ったことも言ってないもんな？」

「はい！　きちんと僕なりに考えてきました！」

ビクターは至って本気だ。

それはそれで問題だが、「何が悪かったんだ？」ととぼけているハルルは、内心面白がっていることを、クロスはわかっている。彼を相手にしてはいけない。

クロスはビクターに狙いを定める。

「ビクター。最初からまずいことはわかるか？」

「なっ!?　何が問題でしたでしょうか!?」

全く問題がないと思っているビクターは指摘されて、驚いた声を上げるが、驚きたいのはこちらの方だ。

「あっ！　申し訳ございません。ラゼさまなんて烏滸がましいですよね。グラノーリさまと！」

「違う。そうじゃない」

自分で訂正したが、そうではないとクロスはすかさず突っ込む。

「庶民生の代表を『さま』なんて呼ぶ大人がいたら、注目を浴びせてしまうだろ！」

「ハッ。申し訳ありません！　今すぐ、腕立て五百回を！」

「しなくていいッ!!」

顔を青くして自らペナルティをやり始めようとするビクターを止める。

ひとつ直すのにこれでは、後が思いやられるクロス。

前の席では、ハルルが俯いてぷるぷる肩を震わせている。顔を見なくても、絶対に笑っていることだろう。

「ペナルティはいいから、『ラゼさん』だ。一回言ってみろ」

「ハ、ハイ！」

ビクターは心底真面目に返事をし、口を開く。

「ラ、ラゼ……さ、……。ラゼさっ……。ラゼさむ」

そして、噛みまくるビクター。

「あははははッ!!」

もう耐えられないと、ハルルは声を上げて笑い転げる。

「ひ、ひっどいなぁ。本当お前、最高だろ⁉　わざとか？　わざとなのか⁉」

「わ、笑わないでくださいよ！　代表をさん付けで呼ぶなんて、恐れ多いんです‼　僕はどうせ虫けら以下ですから！」

笑われたことに、ビクターが拗ねた。

「からかうなハルル。ちゃんと直すぞ」

その後、時間ギリギリまでビクターの狼牙崇拝思考は矯正されることになる。

「よし。ビクター。お前は代表に会ってもなるべく口を開くな」

やれることはやったが、不安が残るビクターに、クロスが告げた最終的なアドバイスはそれだった。

「え。ひどくないですか？」

「代表に迷惑をかけたくないなら、黙っておくのが一番だ」

そうと言われてしまえば、ビクターが言い返せることはない。

三人は店を出て、街の広場に足を向けた。

「そろそろ時間かー。転移先は闘技場なんだっけ？」

「ああ。闘技場でボディチェックをしてから、校舎にまた転移で移動するみたいだ」

「めんどーだなー」

ハルルは愚痴りながら、招待券を手に取る。

そこには魔法陣が組み込まれており、時間になれば会場に飛べる仕組みになっている。

今回は金品など必要最低限なもの以外は持ち込みは不可と、夏や冬の大会より規制が厳しい。

「代表、僕が行ったら驚いてくれますかね？」

ビクターが、ぽつりと呟く。

「たぶん、びっくりすると思うぜ？」

「そうだな」

クロスはハルルに同意する。

「ハーバーマス殿に借りができたな。ビクター」

「はい」

ビクターは、招待券を用意してやるとセルジオに言われたときのことを思い出す。

人形と結婚させたがるような人が、どうしてわざわざ学園関係者に頼むようなことをしてくれたのか。

疑問に思ったビクターは、素直に尋ねたのだ。

「どうして自分に招待券を用意してくれたのか」と。

『ひとりでも仲間が多く行けば、ラゼも少しは安心して学園祭を楽しめるんじゃねぇのか？』

セルジオには、改めて礼をしなければならないと、ビクターは思う。

「うおぉおお……」

「へぇ～。校舎ってこんな感じなのか」

「立派だな」

ボディチェックを終え、その腕に入場許可証であるリストバンドをつけたビクター、ハルル、クロスの一行。

初めて目にするセントリオール皇立魔法学園の学舎を前に、彼らは足を止めた。

入場門は、今回のテーマである「ミルキーウェイ」を意識した星の装飾がされており、学園祭に招かれた客人たちが物珍しそうな顔をしながら次々に中へ入っていく。

「まさか、ここに入れる日が来るとは思ってもみなかったです」

人の流れに乗って門をくぐり、ビクターは感慨深い様子で呟いた。

「貴族のお前がそう思うんだから、俺たちは尚更だ」

クロスは苦笑して、貴族や豪商たちに紛れ込んでしまった場違いさを紛らわす。

「まあ、滅多にない機会だし、楽しもうぜ。さっそく代表に会いに行こうかぁ！」

そんなことは気にしたことではないと言わんばかりに、ハルルは前進する。

パンフレットを受け取ると、彼はさっそくお目当ての場所を探す。

「代表は二年A組だよな」

「ああ」

「んじゃ、こっちか」

場所を確認すると、ハルルはパンフレットをクロスに渡して、わき目も振らずに先導していく。

「ちょ、もっとゆっくり回らないか？」

「代表を確認したら、たくさん時間余るだろーよ」

「僕もそう思います」

「………」

いつの間にかハルルの隣にぴったりくっついて歩くビクターにさも当然のように言われて、クロスは眉根を寄せた。

彼は仕方なさそうに視線を落とし、パンフレットを見ながらふたりの後ろをついて行く。

「色んな出し物をやってるんだな。後で演劇でも観るか？　えっと。代表のクラスは……」

順番に視線を移し、クロスは出し物の名前を見て首を傾(かし)げる。

「ひつじカフェ⁇」

カフェということはわかるが、「ひつじ」とは？

彼の頭の上には疑問符が浮かぶ。

「ここだな」

「ここみたいですね」

クロスを置いて、先に教室の前で立ち止まったハルルとビクター。

教室の外装は、緑色の草原と青い空が描かれていて、その上には白い雲のようなもこもこが魔法でぷかぷか浮いている。

「だい、ラゼさ……ん。いますかね？」

「わかんねー。とりあえず入る？」

もこもこでふわふわな雰囲気を前に、入室に戸惑う男三人組。

「あ、あの。もしよかったら、ひつじみたいにもこもこな雲に乗ってのんびりしていきませんか？」

その横から遠慮がちに尋ねる女子生徒に、三人は揃って顔を向ける。

水色のメイド服を着た、どこか見覚えのある娘だ。

「あ。ラゼさんの友達ちゃんじゃね？」

大会でラゼの側にいる顔ぶれを覚えていたハルルが、気がつく。

「え！　ラゼちゃんのお知り合いの方ですか？」

ラゼが天使とのたまう彼女フォリアは、名前を聞いて目を輝かせた。

「わたし、ラゼちゃんと仲良くさせてもらっているフォリアといいます。今、ラゼちゃんは運営委員の仕事に回っていて、お店にはいないんです。クラスの方は、二時になったらラゼちゃんのシフトなんですけど……」

「そうなのか」

せっかくラゼに会いに来ただろうに、本人がいないことにフォリアがしょぼんとする。

「はい……」

フォリアと話していると、教室の扉が開いた。

「どうしたの？」

そんなつもりはなかったんですけど。と、ビクターは困ったように肩を竦める。

「お前は本当に色々と驚かせてくれるよな」

「それは初耳だわぁ」

ビクターのさりげない一言に、ふたりはギョッとした。

「「!?」」

「僕、実はセントリオール受けて、落ちてるんですよね」

時間まで適当に校舎を回ることにする。

「そうですね」

「歩いてたら、代表には会えそうだけどな」

「二時か。まだ時間あるなー」

クロスが礼を言い、三人はまた後で来ることにして、彼女と別れた。

「教えてくれてありがとうございます。また来ることにしますね」

「彼女なら、校舎の見回りをしていると思います」

彼はフォリアの横に立つと、部下三人組をじっと見つめて軽く会釈を交わす。

「グラノーリの？」

「ラゼちゃんのお客さんが来てくれたの」

そこから現れたのは、執事服を着たルカだった。

「あ。ルカ様」

「受験失敗したのがきっかけで、入隊を考えたんです。こうなったら違う舞台で成り上がってやるって思って。そしたら、すんげぇ人がいるからびっくりしましたよ」

「で。そのすんげぇ人は、セントリオールでも特待生だってか～」

ハルルの突っ込みに、ビクターはハァとため息を吐く。

「代表って本当にすごいですよね。もう尊敬しかないです。なんなら怖いです」

羨ましさは通り過ぎて、畏怖しかないと言うビクター。

するとそこで、クロスが気がつく。

「あ。いた」

立ち止まった彼に、ハルルとビクターもそちらを振り返る。

「ッッツツツ!?」

ビクターが目を見開き、息を止めた。

視線の先にいたのは、彼がどうしても会いたかった学生姿の上司。

「お。案外すぐに見つかったな」

ハルルは何事もないように呟き、

「んじゃ、挨拶行ってみようかぁ～」

ビクターの背中を押す。

「あっ、はい。もう僕はもう十分です。ありがとうございましたァ」

しかし、ビクターは前に押されるのに抗って、踵を返そうとした。

「オイオイ。どうした。挨拶もしないで帰るつもりなのか、お前」

もちろん、ハルルはそれを許さない。

とても良い笑顔でビクターの肩を掴む。

「無理っす。無理です。なんですかあれ。僕は僕のことが信じられません」

制服姿のラゼを見て、彼は限界を迎えていた。

軍服ではなく学生服な彼女は、年相応できっとあれが本来あるべき姿なのだろう。

そのギャップがまた、ビクターの心に突き刺さる。

「本当に敵いませんよ。僕、出直して。いや、生まれ直してきたいです」

「よくわからないことばっかり言ってないで、行くぞ」

「無理無理無理無理ムリムリムリむり――」

ハルルは容赦なく、呪文のように無理と連呼する彼に前を向かせた。

「追いかけよう」

「いや。ちょっと待て、よく見てみろ」

ビクターとハルルが話している間、ラゼの姿を目で追っていたクロスが冷静に答える。

「なんだよ？」

ハルルが不思議そうにラゼを見て、その隣を歩く人物に気がつき、クロスが何を言いたいのか理解した。

「またいるな。閣下のご子息……」

アディスが一緒にいることがわかって、クロスとハルルの間にしばらく沈黙が漂う。

我に返ったビクターは、ラゼとアディス、それから先輩ふたりの様子を交互に見て、雷に打たれたような衝撃が走った。

「ま、まさか！」

衝撃のあまり、今度は彼がハルルの肩を掴む。

「あのふたり、付き合ってるんですか!?」

ひどく困惑したビクターの表情に、ハルルは「落ち着けよ」と言葉をかけた。

「代表からそんな話は聞いてないが、この前の大会から、なんとなく気になるんだよな」

「代表、護衛対象に恋愛感情とか抱かなそーだから、気があるとすれば向こうだな」

「ああ」

だんだんと雲行きが悪くなるふたりの会話を、ビクターが冷静に受け止められるはずもなく。

「……ちょっと様子を見てみようか」

「さーんせーい。ここでオレたちが見極めてやろーぜ」

そのまま話は斜め上を突き抜ける。

中途半端に状況を理解したビクターは、アディスとラゼの関係を想像して、勝手に悲しそうな目になった。

「僕はまだ、代表が誰かのお嫁さんになるところなんて見たくないです。まだまだたくさん学びたいです。辞めないで欲しいです。僕を捨てないでくださいぃいい〜〜〜」

「『うるさい』」

だらだらと弱音を吐く彼を、ニコイチは厳しく切り捨てると、その視線は素早くターゲットをロックオンする。

第五三七特攻大隊で、数少ない良心と呼ばれるクロスも、妹のようにも思っているラゼの身の回りにいる男には、過敏だった。

◆

「…………」

「どうかした？」

「いえ。何でもないです」

運営委員の仕事として校内を巡回していたラゼは、アディスに問われ、努めて明るく応える。

しかし、彼女は内心で異変を感じ取っていた。

それはごく自然に周囲に紛れ込んでおり、普通なら気がつかないだろう、非常に小さな違和感で。

（……できる……）

何人いるのかも、上手く探知ができない視線に、彼女の警戒度は跳ね上がっていた。

ただ、自分が気がついたことを相手に悟られるのは、得策とは言えない。

ラゼはこちらに向けられた視線に気がつかないフリをすることを決めて、相手の出方を窺(うかが)うことにした。

「そろそろ出し物も見て回ろうか。俺たちは四クラス見ないと」

「そうですね」

ただ校舎を見て回るだけでなく、彼女たちは出し物に危険なところや決まりを破っていないかのチェックも行う。

「どこから行きますか?」

ラゼは自分たちが回るクラスに丸をつけてきた魔法が付与された立体パンフレットを取り出す。

ちなみに、巡回のペアはあみだくじで決まったものだ。

本当はフォリアやカーナと一緒になりたかったところなのだが、運ばかりは仕方がない。

それに学園祭は、明日もある。

初日は外部からの客も招くが、明日は学生だけが楽しむプログラムなのだ。

今日はあまり時間が残らないが、ルベンが自重してくれたおかげもあって、明日はカーナとフォリアの三人で回れる予定で。

(今日乗り越えたら、明日はパラダイス!)

外から来る客人たちに気を遣うのは、今日だけだと自分に言い聞かせ、ラゼは気を引き締め直す。

廊下の端で立ち止まった彼女は、今いる位置を確認する。

「近くにはないね。上の階からこうやって回ろうか」

同じく隣で足を止めたアディスが、ラゼが持つパンフレットを覗き込むと、スッと指で順路をなぞった。

まわりが混雑していることもあって、距離が近くなるのは仕方ないのだが、見上げた時にばちんと視線がぶつかり、ラゼはドキリとする。

もう慣れたと思っていたのだが、未だ（いま）に彼の容姿に驚く自分がいるとは。

いや、もしかすると、周囲を警戒しているはずなのに、索敵のアンテナに彼が引っ掛からなかったことに、驚いたのかもしれない。

どちらにしろ、アディスと一緒にいると、こうしてたまにびっくりさせられることは同じだ。

「それがいいですね」

ラゼは驚きを胸の奥底にしまいながら、彼に同意した。

◆

「どう思う？」

「近いな」

ハルルの問いかけに、鋭い目つきのクロスが即答する。

彼らの視線の先には、ラゼの手元を覗き込むアディスがいた。

部下三人組は現在、ラゼを見守るという大義名分のため、息を潜めてアディスを尾行している。

あくまで観察しているだけのため、リストバンドが反応することはない。

軍で試作品のテストをして、性能を理解している彼らだからこそ、遠慮なく己の持てる力を発揮していた。

「た、大変です。クロス先輩！」

周囲を気にしてクロスを先輩と呼ぶのは、ビクターで。

ハルルとクロスのふたりとは異なり、視界全体を観察していた彼は青ざめた顔だった。

「どうした。ビクター」

若干呆れた声色のクロスは、ビクターを見る。

「そ、それが。……僕が分析する限り、校内を回っている男女ペアの生徒は恋愛関係が大半であると思われますッ」

「あそこも、あそこも、こっちも！」と。

ビクターの視線が慌ただしく、該当する生徒たちを追っていく。

真面目に報告する姿からは、怯（おび）えすら感じられる有様だ。バルーダの遠征で処理の難しい現場に置かれた時よりも、動揺していることがわかる。

「うろたえるな。先程、少年に教えてもらった話では、委員会の仕事だと言っていただろう？」

あまり心を乱しては、ラゼに尾行がバレてしまう。

クロスはルカに言われたことを思い出せと、ビクターを窘（たしな）める。

「それに、俺から見ると男女で回っているペアはそんなに多くない。気にし過ぎだ」

「そんなことないですよ！」

しかし、ビクターは何故（なぜ）か食い下がってくる。

「あそこを見てください」

彼はクロスの視線を誘導した。

「あの四人組。パッと見、四人で回っていて男女のペアを意識させ難いですが、三つ編みの女子と重めの前髪の男子生徒。それから、今は口喧嘩（くちげんか）している黒髪眼鏡の生徒と、金髪の男子生徒でペアができていますす。巧妙ですね。ふたりでいれば目立つところを、セットにするなんて」

ビクターは冷静に分析を語る。

「学園祭には保護者の目もあるので、カモフラージュには複数人で行動するのがベストなんでしょう。仲を認めてもらえたカップルは、堂々としていて勇者の凱旋ですね。恐ろしい。あれが、将来花形の騎士団に入る人たちの前身ですか」

残念ながら、冷静なのは話し方だけであって、内容は別だったようだ。

長い話を聞き終えたクロスは、何と答えていいのかわからずに閉口する。

「……とりあえず、お前、その分析力をもっと実戦でやってくれよ。多分もっと効率よく作業ができるようになるから」

考えた末、クロスがかけた言葉はそんなものだった。

「そろそろ移動するぞ」

そこで、ふたりを見張っていたハルルが合図を出す。

一行は慎重に、慎重に尾行を続けた。

「人に捕まってますね」

「そうだな」

廊下を歩いていたところ、アディスが外部からの客人であろう少女たちに囲まれているのが見える。

運営委員だとわかるように腕章をつけているのが、どうやら声をかけやすいらしい。

「入学希望の子たちですかね？」

「大方そうだろーけど、容姿に釣られてるだろ、アレ。見る目がねぇなぁ。隣にいる女子の方が、現時点では一番すごい生徒だってのに」

親切に全ての質問に答えているアディスの隣で、自分の出番ではなさそうだと身を引いているラゼの姿を見たハルルが呟く。

「すごい人なのに、それを悟らせないのが代表って感じですよね」

ビクターは苦笑する。

学園でも軍にいる時と変わらず、謙虚だが頼れる上司の姿を見てほのぼのとしていた矢先だった。

彼らは、ラゼに歩み寄る人物の姿を捉えた瞬間、顔色を変える。

「あっ！」

「「あいっ!!」」

それまで慎重だった彼らは、一斉にラゼの元へと足を踏み出した。

◆

「やぁやぁ。元気そうだなぁ！」

アディスが少女たちに捕まっている横で、仕方なく話が終わるのを待っていたラゼの肩を叩いたのは、見覚えのある男で。

ラゼはそれが誰だか理解して、心の中で思いっきり顔を歪める。

「……お久しぶりです」

彼女を見てニタニタ笑っているその男の名は、ゼルヒデ・ニット・オルサーニャ。

ラゼと同じ、シアン皇国中佐で第三〇二特攻大隊の隊長を務める軍人だ。もっと詳しく言えば、ラゼが不在だったクロス率いる第五三七特攻大隊との合同練習で、ズタボロにされた隊長である。

「ああ。久しぶりだね。ラゼ・グラノーリくん。その制服、すごく似合ってるじゃないか！」

言われている言葉は悪くないはずだが、この男の発するものは、面白がっているとしか捉えられない。

(面倒なのが来ちゃったよ……)

ゼルヒデに目の敵(かたき)にされている自覚があるラゼは、非常に不快な思いである。

(わざわざ庶民の学生やってる私を見に来たのか？　だとしたら、気持ち悪すぎ……)

薄っぺらい笑みで話しかけてくるゼルヒデに、彼女は今すぐこの場から去りたい衝動に駆られた。

「あれ？　もしかして、久しぶりすぎてボクの名前を忘れてしまったかな？」

(うげぇ……)

嬉々としてツラツラと言葉を並べる男に、ラゼは鳥肌が立つ。

本当に大きな子どもだなと思いながら、彼女は鋼の精神で表情を崩さない。

「いえ。お名前を忘れるなんて、とんでもないですよ」

「……へぇ？」

ふたりの間に火花が飛ぶ。

「まあ、それもそうだよな？　ボクたちの働きのおかげで、君はここにいられるといっても過言じゃないし？」

「………」

これは挑発だ。

下手に答えを言えば、揚げ足を取られることは、この男の性格がらわかりきったこと。

ラゼは自分に言い聞かせ、拳を握りしめる。

「それにしても。本当にその制服、似合ってるね。いつも着ている服より、随分と可愛らしくていいじゃないか。きっと天国にいるご家族も喜ん――」

最後の言葉に、ラゼの目の色が変わろうとした時だった。

「質問なら、僕が聞きますよ」

アディスの声が、不快な言葉を両断した。

いつの間にか隣にいた彼は、例の如く「死神宰相」とそっくりの顔に笑みを貼り付けるが、その瞳はゼルヒデを冷たく睨みつける。

「ッ!?　なっ……!!」

突然現れた、最高官の顔に睨まれたゼルヒデは、心底驚いたのだろう。

一瞬で顔から血の気が引いていくのが、側から見ていてもわかった。

「も、もう大丈、夫でありますッ！」

彼は辛うじてそれだけ言うと、脱兎のごとくその場から逃げ出した。

「……何あれ？」

「――ははっ。あははは！」

ラゼはそのあまりにも情けない姿に、思わず吹き出した。

しばらく笑いはおさまらず、彼女はくつくつと肩を揺らす。

「何、笑ってるの？」

大人の男に絡まれてたというのに、呑気に笑っている彼女に、アディスは怪訝な顔だ。

「いえっ。アディス様、流石ですねッ。なんだか、スッキリしました。ありがとうございます」

見事に面倒なやつを退散させた彼に、ラゼはふにゃりと笑う。

「さて。時間が勿体(もったい)ないですね。早く、最初のクラスに行きましょう！」

彼女はすっかり上機嫌で、廊下を歩き出す。

ゼルヒデを前にして、一瞬だけ重くて暗い雰囲気をまとったのを感じていたアディスは、その変わりように置いていかれる。

「どうしました？」

足を止めたままの彼に気が付いたラゼは、何事もなかったような柔らかい表情だ。

「……別に。君が笑ってるなら、それでいいよ」

さっきの男は誰なのか。

君は一体、どんな過去を持っているのか。

その質問は飲み込んで、アディスは自分に言い聞かせるかのように、小さく言葉を溢す。

「何か言いました？」

「いや。何でもない。最初は、ボードゲームだっけ？」

「はい！　勝負します？」

「いいね。負けた方は、飲み物買ってくるってことで」

「いいですね、それ！」

学園祭は始まったばかりだ。

明らかに勝機が無くなった盤面と睨めっこをしていたラゼは、ぐぬぬと唸る。

「……も、もう一回……」

「君、結構負けず嫌いだね？」

ボードゲームで三戦中三敗目を認めたラゼに、アディスは苦笑する。

「相手になるのは構わないんだけど、そろそろ時間だよ」

「え！」

彼女はそうと言われて、はっと教室の時計を見た。

一戦だけして、他のクラスを回る予定だったのに、自分のわがままでつい長居をしてしまっている。負けたままゲームを終わらせなければならないことに少しの悔しさを抱えつつ、ラゼはもうダメだと諦めのため息を小さく吐く。

「完敗です。強いですね、アディス様」

少し冷静になってみれば、このまま続けていても十回に一回くらいしか勝てない気がした。それくらい、彼は頭が切れる。

「昔から父親に付き合わされてたから。こういうゲームは得意かな」

前世でいうところのチェスのような駒を、アディスは指でつつく。

彼女はその言葉に彼の強さを納得する。

「ちなみに、お父様との勝負はどんな感じなんですか？」

「そうだな。最近はやってないから、わからないけど。ゲームによっては俺が勝ち越すかな」

「えっ。すごい！」

あの死神閣下を負かす頭脳とは。

ラゼは尊敬の眼差しをアディスに送る。

(誰かに負ける閣下とか、全く想像できないな！　あ。でも、バネッサ様とはまた別か)

彼女は興味津々。

「まあ。ゲームはお遊びだし……」

アディスはその反応に、ちょっと驚きながらも駒を片付ける。

◆

「こんなところで会うとは、奇遇ですね～」

死神閣下と同じ瞳に睨みつけられたゼルヒデが撤退した先で出会ったのは、全く顔が笑っていない軍の男たち。

「お、お前ら！」

ハルルに呼び止められたゼルヒデは、驚愕の表情に変わる。

まさか、彼らが貴族だらけの学園にプライベートでやってくるとは考えてもいなかったのだ。

「で？　どうやら、また仲良くしないとダメみたいっすかね？」

ハルルの真っ黒な笑みに、ゼルヒデのプライドと本能が震え上がる。

これ以上。もう、これ以上踏み込んではいけない。

あれは軽々しく触れてはいけないものだったのだ。

合同訓練のことを思い出し、アディスの眼差しを思い出し。ゼルヒデはやっとの思いで口を開く。

「ざ、残念だが、ボクはもう次の予定があるからお暇させてもらうよ」

精一杯の強がりは、目の前の男たちに見透かされている。

「そうでしたか。それは本当に残念です」

クロスの一言を聞き終えるよりも前に、ゼルヒデは学園の出口を目指す。

後ろ指をさされて笑われているような現状に、羞恥の心はもはや湧かず、残るのは小さな火種。

ふらふらと、学生たちの花の園の中を彼は進む。

「どうして、ボクばかり」

胸の中にじりじりと広がっていく、苦い苦い思い。

周りの音は、次第に耳障りになってくる。

これまで、正しい道を進んできたはずだ。

子爵の位を守るために仕事しかしない父親。

目を盗んで他の男の元に通う母親。

教育費という名目で金を巻き上げて、自分だけ家庭を持つとほとんど縁を切った兄。

セントリオールを受験したが落ちて、部屋から数年出てこなくなった弟。

自分は、自分だけは、あの家の中で正しく生きてきたはずなのだ。

軍でも貴族だからと舐めてくる、力だけの男たちは全てねじ伏せてきた。

こんなところで、終わるわけにはいかない。

自分は、人の上に立ち、誰からも認められる人間になるのだ。

年下で、生きてきた時間も、この社会に耐えてきた時間も長いはずの自分が、どうして見下されなければならない？

苦労してきた自分が、こんな惨めな思いをしなければいけない社会とは何か？

嬉々として声を上げる学生たちが、真横を通り過ぎていく。

自分だって、セントリオールを受験したかった。

それをあの父親は許さなかったし、そんな金はなかった。

だから、他の領地にあるランクは落ちるが有名校に特待生として入学し、エリートとしての道を進むために軍を選んだ。

「うるさい……」

ぼそり、と。

彼はおぼろげな瞳で呟く。

今は、学園のすべてが頭に響く騒音でしかなかった。

「そこのお兄さん」

ゼルヒデを呼ぶのは、真っ赤なグロスを塗った唇で、薄ら弧を描く女の声だった。

◆

（……視線、なくなったな？）

他のクラスの審査に戻り廊下を歩くラゼは、それまで感じていた視線がなくなったことに気がつく。

しかし、それまであった違和感が一気に消えていったこともまた、彼女にとっては気味が悪いことで。

（なんだろう。胸騒ぎがする……）

制服や私服に扮した騎士団員たちが、この学園を警備している。

リストバンドで個々人の行動にも目を光らせているし、招待客が問題を起こせば招待した側にもペナルティが課されるので、そう簡単に下手なことはできないはず。

（…………）

ただ。そこで、ゼルヒデと出会ってしまったことを思うと、どうにも嫌な予感が拭えない。

「そういえば」

そんなことを考えていると、隣を歩くアディスが今思い出したかのように話し出す。

「今日は君の知り合い、来てるの？」

さっきの人以外で。という含みを察しながら、ラゼは「どうですかねぇ」と口を開いた。

「一応、招待券は送ったんですけど。皆仕事が忙しいだろうし、せっかくの休日にわざわざ来てもらうのもなんだかなと」

そう答えたが、それでも副官のクロスと、彼と仲が良いハルルは来てくれるのではないかと思う自分がいたり。

「そっか。なるほどね」

「？」

そこで何故か納得する彼の呟きに、ラゼはキョトンと目を丸くした。

「どうかしました？」

「いや。気にしなくていいよ。たぶんこっちの話だから」

よく分からないが微妙に気になる返事をされて、彼女は眉を寄せる。

「そう言われると、すごく気になるんですけど？」

アディスはどうしようかな、と肩をすくめると、スッと視線を廊下の窓の外に飛ばす。

そこには、先程から彼女の隣にいる自分を見定めるようにして尾行を続けている、男三人組の姿が。

ラゼが少し前から、あたりを気にしていることに気がついていたアディス。

どうやらあれは彼女の知人らしいと、彼は推測する。

ラゼはまだわかっていないようだが、こうも注目が自分に向けられているとわかりやすい。

しかし、何故あの大人たちからそんな視線を集めなければならないのかと理由を考えると、アディスは答えを躊躇(ちゅうちょ)する。

別に、何も気にしなくても、「君に悪い虫がついていないか、心配してる人がいる」とでもいつも通り笑いを交えて言えば良いのだろうが、言葉が出てこない。

「すぐ分かるよ」

彼は言葉を濁す。


運営委員としてクラスを見回ったラゼとアディスは、時間になったので自分のクラスのシフトに入っていた。

「いらっしゃ」

そして今、ひつじがモチーフの水色のメイド服を着たラゼは、次に案内すべき客人たちを見て言葉を止める。

「お久しぶりです」

「こんちわ」

「あ、え、えっと、その。あの、来ちゃいました！」

クロスとハルルが軽く会釈し、最後に何故か挙動不審でそう言い切ったビクターを見て、彼女はあっけに取られて目を瞬(またた)かせた。

心のどこかで来てくれるだろう、なんて考えていたことは確かにあった。認めよう。

もちろん、軍の仲間たちが来てくれたことは、本当に嬉しいし、ありがたいことだ。

しかし、そうは思いつつも、今日は警戒度が高い彼女は、喜びよりも先にこの状況に困惑していた。

（……私、二枚しか招待券送ってないよな？）

想定していた人数より、一人多いのではなかろうか。

いや、確かについさっきゼルヒデに出会ってしまった時点で、入り口の広さに不安を覚えてはいたのだが、限りのある招待券をわざわざ入手して部下が会いに来るなど考えてもみなかった。

「びっくりしました～？」

その驚きが伝わったのだろう。

ビクターの後ろについたハルルが、したり顔でラゼを覗く。

ちなみにビクターを一番最初に教室に押し込もうと、先頭に立たせたのはハルルである。

結局、ビクターの挨拶は一番最後になったのだが。

「えっと。色々、びっくりしてますね……。でも、とりあえずいらっしゃいませ。お越しいただきありがとうございます」

しかし、ラゼには何故三人も来てくれたのか、理由はわからない。

部隊に馴染んでいて忘れがちだが、ビクター・オクス・テリアは数少ない貴族出身。

もしかすると、知り合いに会いに来たついでかもしれない。

一瞬で冷静になったラゼは、来てくれた三人を笑顔で迎える。

「うぐっ」

その反応にひとりだけ喉を詰まらせるような声を上げたビクターを横目に、クロスとハルルはラゼの後ろをついていった。

「すごい凝ってますね」

教室の中を見たクロスは、魔法でぷかぷか宙に浮かぶ雲のような椅子を見て呟く。

「すごいでしょう。さすがセントリオールって感じで」

ラゼは笑いながら、彼らを座らせメニューを渡した。

「まさかビクターさんまで来てくれるとは思ってなかった。今日は楽しんで行ってくださいね」

一番気になっていたことを言うも、今まで「テリア伍長」としか呼ばれたことがなかったビクターはすぐに応えることができない。

「ビクターさん？」

「あーあ。こりゃ、しばらくダメだな」

完全に固まってしまった彼にラゼは首を傾げ、ハルルが安否を確認する。

「学生のラゼさんに会うのを、すごく楽しみにしてたんですよ、コイツ」

「ハーバーマス殿から招待券を譲ってもらったときは、めちゃくちゃ喜んでたよな」

クロスが苦笑しながら、ビクターの手に招待券が渡った経緯を話すのを聞いて、ラゼは今更ながらメイド服を着て生徒たちに紛れ込む自分が恥ずかしくなってくる。

クラスの皆がやることだし、こういう衣装だと思っていたので何とも思わず、カチューシャやら可愛すぎる服を着ている訳だったが、軍での立場を思い出して理性がミシミシ音を立てて軋む。

「やっぱり、ラゼさんは何でも似合いますね」

そして、ゼルヒデとは異なり、純粋なクロスの感想に彼女のポーカーフェイスもとうとう崩れ去った。

「……褒めても何も出ませんよ……。ちなみにオススメはこれです」

ラゼは照れ隠しに、メニューにある男性三人が囲うにしては大分可愛いすぎるパフェを指さす。

「それをください!!」

そしてそれに元気よく即答したのは、我に返ったビクターだった。


ビクターが夢カワなパフェをぺろりと完食して、カフェで一息ついた部下三人組は席を立つ。

ラゼもそれを見て、彼らを見送る。

「ごちそうさまでした」

「はい。この後は？」

「学園祭が終わるまで、ぶらぶらしようかと」

「そっか。今日はありがとう」

次会うのは、また先になる。

来てくれた彼らに礼を言い、ラゼは廊下まで出て手を振った。

「よかったね」

すると、同じくシフトに入っていたアディスに話しかけられる。

「もしかして、気がついていたんですか？」

「まぁ。あれだけ見られてたら……」

まさかアディスが彼らのことを認知していたとは思わず、ラゼは少し驚く。

「すみません。たぶん宰相様とそっくりなお顔だから、変な気を回してたのかもしれないです」

「いや。違うと思うけど」

「？」

微妙に話が噛み合わないので、アディスは話題を逸らす。

「結構、知り合い来てるみたいだね」

「そうですね。私もびっくりしてます」

あと一時間半もすれば祭りは終わり。

諜報活動をしていたころに覚えた貴族の大人たちの姿を見て疲労感があったので、久しぶりに軍のメンバーに会えて心が和む。

(セルジオさんに招待券譲ってもらったって言ってたけど……)

彼のことなら、もしこの学園にいたら声をかけてくれそうなのだがと考える。

(リストバンドの開発者だし、監督で忙しいのかもな。……何も不具合はなさそうだけど)

ラゼはぼんやりと廊下を歩く人々を視界に入れた。

(まあ、今回の警備は騎士団の管轄で、軍が手を出すことではないからな)

今回に限らず、基本的にラゼが学園において表で動くことになるのは最後の手段になる。

そもそも彼女がわかっていないだけで、本来この学園を守るべきなのは教師と騎士たちであって、ラゼひとりの負担ではない。

「ちなみになんだけど」

「はい」

「あの人も君の知り合い?」

徐(おもむろ)に窓枠の外に視線を飛ばしたアディスに、ラゼもそちらを向く。

そして、息を止めた。

『ハァ～イ♡』

相手の顔など、知らなかった。

しかし、ラゼはそれが誰かわかってしまう。

あれはいつかの大会で、生徒を操っていた帝国側の人間。

隣には見たことのない、気の強そうな少女も一緒にいる。

女は艶(なま)めかしい表情で、片手をゆるりとこちらに振っていた。

『平和ボケは良くないわよ。わんこちゃん』

一瞬で身の毛はよだち、ラゼの眼からは光が消える。

◆

前世の知識を総動員して作り上げた学園祭。

乙女ゲームでは、『ブルー・オーキッド』というタイトルに合わせてなのか「フラワーガーデン」というテーマだった学生たちの祭り。

画面の向こうでは、色とりどりの花で装飾されていた世界。

しかしそれとは打って変わり、今目の前には太陽の光を淡く反射させた星の装飾たちが輝いている。

「ちゃんとできた……」

開幕のチャイムと同時にだんだんと人が集まり、賑わい始めた校舎の広場にて、カーナは目の前に広がる光景に感極まった。

ちゃんと変わっている。

ちゃんと自分のやりたいことができている。

それは彼女にとって、シナリオは変えることができる——自分の運命を変えることができるという証明でもあった。

乙女ゲームの悪役令嬢に転生してしまった自分。

攻略対象者ではない聖職者に恋するヒロインのフォリア。

そして、同じ故郷の知識を持つ転生者ラゼ。

登場人物の存在が異なる時点で、ゲームのシナリオは成立してなどいなかったのではないか。

それこそ、自分がこの学園に入る前、いや。前世の記憶を取り戻すよりも前から、すでに綻びは生まれていたのだろう。

(だって、そう考えないと何故彼が今も隣にいてくれるかわからないもの……)

カーナはそっと隣にいる人物の顔を窺う。

「綺麗だね」

「……はい」

自分に向けられたルベンの声色は、ひどく優しいものに聞こえた。

どうしてか、泣きそうになるのを堪(こら)えて、カーナはこくりと頷く。

シナリオはとっくの昔に変わっていた。

そう考えるのが自分の都合の良い解釈だとはわかっている。

しかし、メインヒーローとして売り出されていた皇子ルベンが、エンディングを控えた一大行事の学園祭で、ヒロインと一緒にいないなんてありえるか？

それも、ヒロインと敵対するはずだった悪役令嬢の自分が代わりに、そのポジションにいるときた。

（夢でも見てるみたい……）

婚約者とはいえ、こちらはただの令嬢ではなく、悪役令嬢なのだ。

本来ならこの時期にはすでにカーナとルベンの仲は冷え切ったものになっていたはずだし、他の攻略対象者たちにだってカーナは嫌われる運命だった。

次第によっては、まともな学園生活など送れないと。本気で悩んでいた。

「カーナがみんなに働きかけて、努力したから実現したんだ。――ちょっと頑張りすぎなところは心配したんだけどな」

ルベンの真摯で真っ直ぐな眼差しに、目頭が熱くなって。

ついに一粒の涙がこぼれ落ちる。

「ご、ごめんなさ、泣くつもりはなくて」

頬を流れる涙を、カーナは慌てて手で拭う。

「でも、頑張ってよ、よかっ――」

込み上げてくる感情と涙は、自分では止められそうになかった。

彼女は何とかこの気持ちを説明しようと言葉を紡いだが、それも途中で温かい何かに阻まれる。

「ああ。すごいよ、君は」

カーナは顔を上げて、目を見開く。

視界いっぱいに見えるのは、大好きなルベンのかんばせ。

彼女は、ルベンの腕の中にいた。

「……ッ」

――知らない。

こんな、イベントがあるなんて聞いてない。

彼がこんなに優しくて温かい人なんて、ゲームは教えてくれなかった。

「俺はそんなカーナの頑張り屋さんなところに惚れたんだ」

息を呑んだ。

呼吸が止まった。

心臓が止まったかと思った。

「えっ……？」

驚きのあまり、スッと涙が引いていく。

（なんて？　え？　今、惚れたって……？　え？）

呆然とする彼女に、ルベンはくすりと笑う。

「好きだよ。カーナが婚約者でよかったと、心の底からそう思ってる。今日の生徒たちの笑顔は君が作ったんだよ。俺が皇上になったら、こんな国を作りたいんだ。その隣には君にいてもらいたい」

「へっ⁉」

その一言に、ボンと火がついたように顔が赤くなるのが自分でもわかった。

「本当は後夜祭のときに言うつもりだったんだけどな。まあ、カーナがあまりにも可愛いから、仕方ないか……」

ルベンは愉快そうに青色の瞳を細め、カーナの頬に残った涙を指で拭う。

「え、あ、え……っ」

距離の近さに、想定外の告白。

キャパシティを大きく上まわった彼女からは、戸惑いの声が上がった。

あたふたするカーナに、ルベンはゆっくり口を開く。

「物語の運命なんて関係ない。それに、滅ぶときはわたしも一緒だ」

自分のことを「わたし」と言ったルベンに、カーナは小さく固唾を飲んだ。

これは夢でも、嘘でもない。

彼は本気で、真剣に、自分に向き合ってくれている。

カーナはそっとルベンから身体（からだ）を離すと、小さく震える両手を握りしめて小さく息を吐いた。

ちゃんと自分も応えなければ、ならない。

再び、青い瞳をその目に映す。

「わたくしもずっと前から、ルベン様をお慕い申し上げておりました。……好きでいてもいいんですか……？」

言った。ついに、言ってしまった。

悪役令嬢の自分が、こんな幸せでよいのだろうか。

そこにヒロインだったはずのフォリアに対する罪悪感は、不思議なくらいなかった。

あるのは、大きすぎる幸福感からくる不安。

あまりにも贅沢すぎる悩みだ。

ずるい問いかけだとわかってはいても、カーナは問わずにはいられない。

そして返事を瞬き一つせずに聞き終えたルベンは、満面の笑みに変わった。

「もちろん！」

「わっ」

彼はカーナを抱き上げると、その場でくるりと一回回る。

カーナのロングスカートがふわりと広がり、花が咲く。

「ありがとう。ドレス選びはいつにしようか！」

嬉しさにはしゃぐルベンは、小さな子どものようにくしゃりと無邪気に笑っていて。

「ふふっ」

言いたいことはたくさんあるはずなのに、気がつけばカーナも釣られて笑っていた。


乙女ゲームの悪役令嬢に転生してしまったが、何故か婚約破棄しそうにない。

ヒロインはメインヒーローどころか、攻略対象者以外と恋愛模様。

出会いイベントから、シナリオ崩壊。

不穏な破滅フラグはどこに行ったのか、自分は今ルベンと手を繋いでいる。

その事実で、カーナは胸がいっぱいだった。

「次はどこに行こうか？」

ルベンと一緒にミニゲームをしたり、演劇を観たり、ご飯を食べたり。一通り校舎を回ったふたりは、次にどこへ行くか考える。

「あ。あそこの教室、すごい賑わってますね」

「三年E組『マスカレード』……。仮装ができるクラスか」

ルベンに言われて、カーナもそのクラスのことを思い出す。

単純に仮装を楽しむだけではなく、来てくれる保護者側が服装で身分の差が分かりにくくなるという配慮が隠された出し物だったので、受諾したカーナもよく覚えていた。夏のバトルフェスタや冬の大会を一番経験した、最高学年だからこそ気がつけたことだろう。

ただ、衣装の用意は苦労していたので、一番ギリギリまで調整をしていたクラスだ。

「すごい盛り上がってるみたいですね？」

教室を取り巻く雰囲気に、カーナは呟く。

気になったふたりはそちらに足を進めた。

「もしかしてお前も見たのか？　ドレイスのやつ」

「見た見た。ちゃんと髪セットしてて、まるで別人だった。オレもばっちり決めてもらうぜ」

「いや。ドレイスは顔が良すぎた」

教室に入るためにできた学生たちの行列。熱をもった盛り上がりを見せる学生たちで、所々列が膨らんでいる。

見たところ三年生らしき男子たちが、興奮した様子で語り合っているのが耳に入ってきた。

「あれはずるいよな」

「本当にな。フェーバーの婚約者と親相手に直談判なんて、あいつ男すぎるだろ」

「流石に見直したわ。今日の夜は、ドレイスの部屋に酒持って集合な」

「「いいねぇ～～」」

男子学生特有の悪戯（いたずら）な声が、ぴったり重なる。

「何かあったみたいですね」

カーナは口元に片手を当てて、こっそり小声でルベンに囁（ささや）いた。

他の方向を観察していたルベンは声をかけられ、彼女に身体を傾けて頷く。

「せっかくだから、わたしたちも寄っていこうか」

「はい！」

彼と一緒ならどこでも嬉しい。

カーナが盛り上がっている男子学生たちの後ろに並んだ時だった。

「いやぁ～。『婚約破棄』させるなんて、ドレイスも思い切ったなぁ～」

その内のひとりが何気なく口にした一言。

（――え）

今の自分には何も関係のなくなったはずのその単語に、カーナはサアッと血の気が引いていくのがわかった。

（いや。自分のことじゃないの……。もう関係ない。ゲームに囚われるのは、もう――）

頭ではそう思っていても、胸騒ぎは止まらない。

お前は何かを見落としている。

まるでそう告げられたような……そんな感覚。

「どうかした？」

無意識にルベンと繋いでいた手に力がこもる。

「あ、いえ――」

大丈夫です。そう言って笑おうとしたのを、嘲笑（あざわら）うかのように、歯車は動き出す――。

「ＧＵＧＡＡaaaaＡＡＡＧＡaaＡＡ!!」

パリンとガラスが割れる音と共に、腹の底を突き上げるような獣の咆哮が、学園を支配した。

「――――え？」

驚きに振り返った窓の外。

何故か見覚えのあるバケモノの背中が落ちていくのが、はっきりとその目に映る。

本当に、ここは乙女ゲームとは何の関係もない世界だったのか？

本当に、イベントは起こっていなかったのか？

本当に、自分が運命を変えていたのか？

カーナの開いた口からは、何も音は出てこなかった。

◆

赤を連想させるその女が、ここにいて良い客ではないことは火を見るよりも明らかで。

一瞬で冷え切った思考は、ラゼを学生から軍人へと引き戻す。

「ここにいてください」

「え？」

彼女はアディスにそれだけ言うと、ひとり敵の目前へと転移した。

有無は言わさない。

一歩でも足を踏み出すことを、少しでもその手を動かすことを。許しはしない。

この人間は、排除するべきものだ。

ラゼは帝国の魔女の前に飛ぶと、彼女を冷たく睨む。妙な真似をすれば、この広場からすぐに転移させる。

「ええ？　こいつが例の出しゃばり？　本当にパッとしないモブじゃない」

そして、仮装をする生徒や客人に混じってローブ姿の魔女の隣にいた娘に、開口一番告げられる。

その娘がもしかすると、魔女に操られたシアン側の被害者かもしれないという可能性を考慮して、様子を見ようと思っていたが、ラゼは今の一言で彼女——エリナをほぼ敵だと見た。

「こんな奴がセントリオールでイケメンたちと楽しいスクールライフを送ってるのに、私はずっと我慢してるなんてやっぱりおかしいと思わない？」

エリナは魔女に同意を求め、魔女は無言のまま肩を竦める。

「本当なら、私がこの学園祭を攻略対象者たちに囲まれて過ごす予定だったのに」

「…………」

エリナに睨まれたが、ラゼは無表情でそれを見ていた。

「モブのくせに生意気。——ていうか、あんたも転生者なんじゃないの？」

べらべらとよくしゃべる娘だ。自分から正体を明かしてくれたようなものである。

（——この子が、先読みの巫女。やっぱりマジェンダにも転生者がいたか）

モブ、攻略対象者というワードに、「あんたも転生者」という言葉。

彼女は魔女に操られた人質でも、哀れな手駒でもなく、マジェンダにシアンを売った罪人だ。

ラゼがエリナを敵とみなし、ふたりまとめて転移させようとした時だ。

「エリナ様。もうお遊びの時間はお終いです」

「はあ？　もう？　ほんっとうに、使えない……。やっと夢だった乙女ゲーの舞台に来られたっていうのに。全然聖地回れなかったじゃない！」

　エリナの身体が、透けていく。どうやら本体はここにはなく、幻影のようなものを動かして学園を散策していたようだ。

「次、もし会った時は覚悟しときなさい。それまでせいぜい楽しむことね。モブさん」

　本体ではないものを捕らえることは、流石にラゼにもできない。

　逃げられる、と思ったが、次の瞬間先読みの巫女の姿は消えていた。

　――だが、残った魔女にまで逃げられるわけにはいかない。

　ラゼは思考を切り替えると一瞬で間を詰めて相手を掴むと、そのまま一緒に学生たちから離れた別の場所へと再び転移の魔法を使う。

「やだぁ。強引なのね？」

　飛んだ先で、手を振っていた魔女は呑気に口を開いた。

「何をしに来た？」

　普段鳶色の丸い瞳を輝かせ、カーナやフォリアに甘いラゼ・グラノーリはそこにいない。

「愚問ねぇ。そんなの聞かなくてもわかってるんじゃないの？　軍人さん？」

　魔女はさも可笑しそうにケタケタ笑う。

　ラゼの表情は揺るがず、ただ静かにそれを見つめていた。

　この女は一年生の時バトルフェスタで、禁術を使って来たやつだ。高難易度の魔法を使ってくる可能性がある。

ラゼは無言のまま、自分の右手にナイフを呼んだ。

「何も反応しないでナイフを握るなんて冷たいわね。ワタシたちの同胞も、そうやって何も言わずに殺してきたの？　まるで暗殺者みたいね？」

正体を知っている。

彼女が帝国から「首切りの亡霊」と呼ばれた軍人だとわかっておきながら、その女の顔に恐れはなかった。あるのは、こちらに対する嘲笑だけ。

それがラゼには、違和感で。——嫌な予感がしていた。

この魔女が、学園に来る理由。

——金の卵たちを潰すこと。

後方に背負った校舎に、ラゼは意識を動かす。

あちらには万が一のときのために、騎士団たちを配備している。

自分は今、この異物の対処だけをして静かに学園祭に戻ればいい。

シンプルに、やるべきことを整理し直す。

「ここを守っているのは、私だけではない。シアンを甘く見るな」

ラゼは言葉で相手を牽制する。

「ふふ。そうよね。みんな卵ちゃんたちを一箇所に集めた、この巣を守るのに必死よね。潜入するのにどれだけ苦労したことか。ここまで来られるんだからマジェンダも捨てたものではないでしょう？」

魔女は依然余裕の顔つきで応えた。

「ワタシがあなたに手を振ったのは、あなたと話してみたかったから。ねぇ。あなたは、この世界が物語の世界だって言ったら信じる？」

呑気におしゃべりをしている場合ではないが、心当たりのある話に、ラゼは沈黙する。

「あなたなら分かったかもしれないけど、さっきおしゃべりをしていたのが先読みの巫女。あの娘が言うの。この世界はゲームの世界だって。――ふざけるのも大概にして欲しいわよね。本当に」

それまで口元を緩く綻ばせていた魔女の表情が、一瞬で変わった。

「いつまで経っても終わらない貧困。悪いのはシアンだと植え付けるだけの夢見がちな暴君。言いなりになるだけの重鎮。我が儘ばかり言う巫女もどき。全くもって、笑えないわ」

そう吐き出す彼女の姿から、どうしてだかラゼは目が離せない。

「学園の皇子たちが欲しい？　シナリオの邪魔をしている奴がいるから排除しろ？　馬鹿なんじゃないのかしら？　国民がどれだけ苦しんでいるのかなんて、耳も貸さない」

延々と語られる愚痴に、ラゼの眉間に皺が寄る。

何となく予想はしていたが、帝国の内情はかなり荒んだ者になっているらしい。

だからといって、こちらに危害を加えようとするものに同情するつもりは微塵もないが。

「どうでもいい話だな。今現在、確実に起こることに対して対処する。それが私の仕事だ」

ラゼは、もう終わりにしようと口を開く。

大人しくしていれば、今この場においては命までは取らない。

加減を間違わないようにナイフを握った。

「……冷たいのね。ワタシはあなたに少しだけ希望を持っていたのに」

「希望？」

そんなもの、敵に抱いてどうする。

ラゼは怪訝（けげん）な顔で聞き返す。

「結局、ワタシも巫女サマの物語に踊らされてたのね。未来を変えることができるあなたなら。あなたほどの実力者なら。いつかこんなクソみたいな国もどうにかしてくれるんじゃないかと思ってたの」

魔女は悲しそうに笑った。

「残念だけど、ワタシの役目はもう終わってるのよ。――ああ、安心して。あなたの正体に気が付けたのは、ワタシだけだから。最期に話せてよかったわ。苦しめずに、あの人を逝かせてくれてありがとう。精々、苦しんで長生きして頂戴な」

「――――!?」

別れの言葉を口にしたかと思うと、魔女の瞳から光がフッと消える。

ラゼは目を見開いた。

魔女の身体が動き出したかと思えば、真正面から地面に倒れ込んでいく。

まるで糸の切れた操り人形のように、その女から生気が失われた。

「何で――」

ラゼはすぐに魔女に駆け寄り、彼女を仰向けにする。

目の見開かれたままの彼女は、息を引き取っていた。

突然の死を目の前に、ラゼは魔女のつけていた魔石の指輪を触る。

最期に何の魔法を使ったか、魔石の使用歴を辿った。

「…………」

ラゼはその結果に口を結ぶ。

(痛覚を紛らわせる状態操作の魔法……)

彼女は魔女の開いたままになった目を閉じる。

よく見てみれば、その肉体は不健康に痩せ細っていた。赤い口紅は、血色をよく見せるためのものだったのかもしれない。

自分の限界を悟っていたのだろう。

原因はきちんと調べなければわからないが、死因は魔石の使用による脳の酷使と、肉体の疲労だろう。

ラゼは険しい表情で、名前も知らないその女の手を組ませた。

魔女は言った。もう、自分の役目は終わっていると。

すぐに校舎に戻って、事態を把握できるようにしなくてはならない。

そう思って後ろを振り返った時だ。

「GUGAAaaaaAAAGAaaAA!!」

場違いな咆哮が、ラゼの耳に届く。

その異様な鳴き声にも、彼女は冷静だった。

「……この世界が乙女ゲームの舞台だなんて、私もふざけるなと思ったよ」

後は冷たくなっていくばかりの魔女を一瞥(いちべつ)して、ラゼは誰にも吐いたことのない心の内を小さく呟く。

家族を失ってから、戦って生きてきた。

倒しても、倒しても害獣は滅びないし、魔物は新種が湧いてくる一方。敵国は争いを仕掛けてくる。

戦うためには魔石が必要だ。そのためには、魔物を狩るしかない。それが自分で選んだ軍人という道だった。

そんな社会で生きてきたのに。

恋愛シミュレーションゲーム。

攻略対象者を巡って、ヒロインが甘酸っぱい恋を楽しむ学園ゲームの舞台。

許容できるか？

失ったものを補うように、自分なりに真面目に生きてきたのに。

皇子をはじめとして、将来国を担っていく子どもたちをオモチャにしたゲームでした～。なんて言われても受け入れられるわけがない。

今日もどこかで人が死んでいるんだぞ？

懸命に生きてきたのを、「乙女ゲーム」というものに馬鹿にされた気持ちだった。ずっと。

「敵じゃなければ、分かち合えたかもしれない」

ラゼは一歩前に足を踏み出す。

「――――大丈夫。ちゃんと、ぶち壊してくるよ」

握ったナイフはそのままで。

彼女はトンとその場から消えていった。


彼女が降り立ったのは、突然現れたバケモノに恐怖する広場。

数多くの生徒や祭りの参加者が騎士団員や教師の指示に従って、一斉に転移装置のあるホールに誘導されていた。

「バケモノね……。カーナ様に言われた時から考えてたけど、やっぱりこういうことか」

ひとりだけその場に立ち止まって、原型を失ったソレを見つめる。

カーナが破滅と口にする度に、ラゼはそれがどんな要因で起こることかを考えていた。

害獣でもなく、人がバケモノになる。

そう聞いて心当たりがあったのは、ひとつだけ。

「魔物の液体を過剰摂取することによる、魔物化……」

ラゼは無意識に、自分の脇腹に残る黒い傷を服の上からさすった。

彼女が軍大学時代に提出した論文がある。

それは軍の中では高い評価がされているが、今も公に発表されていない。

理由は、バルーダで任務を遂行する軍人たちを守るためにあった。

ラゼが書いた論文は、魔物が人体に及ぼす影響についてを取り上げていた。

その内容は、「黒傷（こくしょう）」が残っている軍人ほど、身体能力が高いということ。それがある一定の割合を超えると、魔物に近くなっていく。

そして、自分の肉体や体液を摂取された魔物から採れる魔石は、適合率が著しく向上し、魔石の力を従来の数倍引き出すことができるようになることの二点だった。

これについて広く発表することができないのは、この世界にはフォリアも所属している星教（せいきょう）が、害獣や魔物などの穢（けが）れを嫌うことにある。

だから、何も知らない民間人たちは、今ここに現れたアレを、バケモノと表現するより他の言葉を持ち合わせていない。

この件も、呪いやらなんやらで、適当に原因は誤魔化されるだろう。

「落ち着いて、こっちへ！」

「押さないで!!　順番に逃げるんだ!!」

大人たちの声と、暴れるバケモノの声が混じる。

数名の騎士が、魔物化して筋肉が盛り上がり変形し、身体が少しだけ人であった時より大きくなったソレと対峙しているが、未知の獣に剣が悲鳴をあげていた。

騎士たちでは、弱すぎる。圧倒的にソレを相手にする経験が足りていない。

そして、ソレが何かも理解していない者に、倒させるのは嫌だった。

ラゼは視界の端に、自分の部下たちがいることに気がついて、腹を括る。

彼らにアレを相手させるのは、上司としての心が許せない。

「OOOOFAAAAGAAAA！」

鳴き叫ぶそれと、彼女の視線が交差する。

ラゼはそれで、魔物になったのが誰なのか、理解してしまった。

「オルサーニャ……」

決して仲は良いとは言えないが、同じ軍の仲間だとわかって、彼女の脳裏に魔女の言葉が反芻(はんすう)する。

(苦しんで長生きしろよ。か……)

あの女は感謝の言葉を口にしていたが、自分を恨んでいたことは嫌でも察した。

こんな風に、これからも汚れた仕事をやる人生かと。ラゼは自嘲気味に息を吐く。

(それでも、カーナ様やフォリアのためなら、それも悪くないか)

彼女は煌(きら)びやかに飾られた校舎を見て、これ以上ここを破壊されてたまるかと、一歩踏み出す。

「特待生!?」

この騒ぎの中でも、聞き慣れた声が拾えた。

「ラゼ!?　早くこっちへ！」

「カーナ、出るな!!」

何故、一番この場から逃げなければならない人たちが、まだそこにいるのか。

これも乙女ゲームのせいで用意された舞台なのか。

正直よくわからなかったが、生徒全員が無事に学園生活を過ごせるようにすることが目的なのだから、誰であろうと護衛対象に違いはない。

守り切れば良い話だ。

彼女は今にもバケモノに噛まれそうになっている騎士に向かって、距離を詰める。

制服のスカートがふわりと揺れたかと思うと、大きく踏み込んだ足が力強く地面を打った。

次の瞬間には、回し蹴りがバケモノの頭部らしき場所を穿(うが)つ。

「GAッ！」

魔物化したオルサーニャは、生徒たちが逃げる方向とは逆側に吹き飛んだ。

ラゼは間髪(かんはつ)入れず、飛んで行ったオルサーニャに合わせて自身も移動する。

倒れ込んだ魔物にトドメを刺そうと、彼女はナイフを振りかざした——。

「——待って!!」

その手を止めたのは、張り上げた、鈴を転がすような声。

「やめてっ、ラゼちゃんッ!!」

脳震盪(のうしんとう)を起こしたのか、動かなくなった魔物から目を離して、ラゼは後ろを振り向く。

こちらを見ていたのは、新緑の瞳を持つ少女。

ラゼがこの学園で一番一緒の時を過ごしてきたフォリア・クレシアスだった。

彼女は大人たちの制止を振り払い、こちらに向かって走ってくる。

「わたし、見たの！　その人は人間だった！　殺しちゃダメ!!」

どうやら、フォリアは彼が人から魔物に変わるところを目撃してしまったらしい。

人であるそれを殺そうとするラゼを、彼女は止めに来ていた。

しかし、ラゼはフォリアから顔を背け、再びナイフに力を込める。

ここまで魔物化が進んでしまえば、もう人間には戻れない。黒傷を治す方法がないのと同じだ。

ゼルヒデ・ニット・オルサーニャは、もう死んだのだ。

これ以上、彼を苦しめる必要はない。

同じ軍人として、引導を渡さねばなるまい。

「ラゼちゃん⁉」

いつもなら自分の話に、必ず返答をしてくれるラゼに無視されたのはそれが初めてで。フォリアの表情には焦りと戸惑いが浮かぶ。

ラゼにはその声が聞こえていたが、他の誰かに処理されたくないというエゴが勝った。

嫌われてもいい。許さなくてもいい。

でも、命のやり取りをする今だけは、軍人の自分でいさせて欲しい。

ラゼの瞳が、細くなった。

躊躇はいらない。一瞬だ。

ナイフを握った手が、再び急所を狙う。

「ダメッ‼」

悲痛な叫びが聞こえて、ナイフがその額にあたろうとする刹那。

ゴウッと音を立てて、強風がラゼの身体を宙に浮かせた。

二度目の妨害に、彼女はすぐさま犯人の姿を探しながら、身体が浮き上がるほどの強風から逃れて地面に足をつく。

（――この魔法は……。アディス様か）

こちらに照準を合わせているアディスを見つけるが、ラゼの表情は一向にポーカーフェイスのまま。

「やめてよ、ラゼちゃんッ」

その間に走り込んで来たフォリアに押し倒されるように、抱きつかれた。

こんな危ないところに突っ込んでくるのは、さすがに感心できない。

「離れてて。危ないから」

ラゼはフォリアの言葉は聞かず、彼女の肩を押す。

「信じられないかもしれないけど、この人は人間だったの。だから、殺しちゃダメッ」

フォリアはラゼの腰に抱きついたまま離れようとする気配がない。

彼女を預けられる騎士はいないのかと、ラゼは周囲を確認するが、こちらに割かれた騎士たちは負傷してぼろぼろである。とても彼らには任せられない。

「違うよ、フォリア。これはもう人間じゃない。もう、人には戻れないんだよ」

ラゼは幼い子どもに言い聞かせるように、フォリアに言う。

聞いたことのないような冷たい声音に、フォリアはぶるりと肩を震わせて彼女を見上げる。

「どうして……」

失望の色が、綺麗な瞳を濁していた。

「治す方法がない。仕方ないんだ」

既に諦めているラゼに、フォリアは怒りを隠せない。

ラゼは相手が人間だとわかっていながら、殺そうとした。そのことが、フォリアには信じられなかった。

「そんなの、やってみないとわからないじゃん！　なんで人の命を勝手に諦めるの!?」

フォリアはいきなりラゼから離れると、倒れたままぴくりとも動かなくなったソレに両手をかざす。


「治って!!　お願い!!」


ラゼが止めようとしたときには、フォリアの魔法が眩(まばゆ)い光と共に溢れて。

――今までの人生で見たことのない、ゼールを治した時よりもさらに繊細で大きな魔法陣が、オルサーニャの身体を囲うように現れた。

ミルクティー色のふんわりした髪は、強力な魔法によって浮いている。

フォリアが放つ魔法は温かかった。

その光景はとても眩しくて、ラゼは糸のように目を細める。

「――ッ！」

次に彼女の目に視界が戻って来た時。

目の前にいたはずのバケモノはどこかに消え、いつもラゼを挑発してくるゼルヒデ・ニット・オルサーニャが安らかな顔で眠っていた。

「——最上級の浄化、魔法……」

ラゼは愕然として、その状況に言葉をこぼす。

「……だから、待ってって、いった、でしょ」

フォリアは全ての力を使い果たしたのか、そうラゼに言い残してその新緑の瞳を閉じていく。

衝撃でその場で動けなかった彼女だが、ハッと我に返って倒れていくフォリアを受け止めた。

腕の中で気を失ったフォリアに、ラゼは呆然と、驚きで見開いたままの視線を注ぐことしかできない。

カーナが心配していたので、ヒロインが攻略対象者をサポートしてくれるとは知っていたが、まさかこんな力を見せつけられるとは。

初めて見るその能力に、ラゼは驚きを隠せなかった。

「——特待生！　おい、グラノーリ！」

「アディス、様……」

フォリアと共にすぐ側まで来ていたアディスが、心ここに在らずの彼女を呼ぶ。

「どうして君はこんなことばっかり……」

彼はそう叱りながら、腰を下ろしてラゼを覗き込む。

すると、そこには戸惑いの表情を浮かべるラゼがいるから、アディスは眉をひそめる。

「大丈夫？」

「――は、い……。フォリアも私も、大丈夫、です……」

この状況が飲み込めない。

彼女の顔には、そう書いてあった。

ラゼはフォリアを寝かせると、オルサーニャの横に行き、脈を確認する。

「……生きてる」

彼女はぽつりと呟いた。

「その人……」

アディスは見覚えのある顔に、言葉を失った。

事実、ラゼは彼を殺そうとしていたのだとわかって、アディスは沈黙する。

「あなたたち！　なんて危ないことを!!」

そこに医務室長のメリルが駆けつけ、騎士の迎えが来た。

メリルはすぐに、オルサーニャやフォリアの状態を確認する。

大人たちが集まってくると、その中にはハーレンスの姿があった。

「グラノーリくん。君はわたしについて来なさい」

目が合ったかと思うと、ラゼは名前を呼ばれる。

彼の表情が今までになく硬いのを見て、彼女は何となく自分がここにいられるのも、あと少しなのではないかという気がした。

「――ハイ」

ラゼは返事をすると、その輪の中から抜け出す。

最後にそっと振り返ると、アディスと目が合った。

彼の銀色の瞳は不安げに揺れている。

「フォリアのこと、よろしくお願いします」

それだけ言うと、彼女はもう後ろを振り返ることはしなかった。

フォリアによって脅威から救われた学園は、騎士団たちの尽力もあって無事に怪我人を出すことなく学園祭一日目を終えた。

原因の解明、保護者への説明などの必要により、学生だけで行われる二日目は延期が決定。

同時に、警備の問題を問われた学園は一度休園することになり、学生たちは自宅での自主学習を余儀なくされる。

「またしばらくのお別れだね」

「……うん」

いつも通り、転移装置があるホールに集まる学生たち。ラゼは少し遅れて隣にいるフォリアに頷く。

フォリアの意識が戻ってから、ふたりの間には少しの間気まずい空気も流れそうにもなったが、フォリアの器が大きかった。

彼女は「とめてよかったでしょ？」と言って、ラゼの判断を笑って流してくれた。

ハーレンスとの話を終えた後、重い気持ちでフォリアと顔を合わせたラゼとしては、拒絶されなかったことが本当に救われていた。

「いつになるかまだ決まってないみたいだけど、はやく学園祭できるといいなぁ」

そうとは知らないフォリアは、楽しそうに笑っている。

「カーナ様とラゼちゃんが考えた後夜祭も、楽しみ！」

「そうだね……」

前方で、ルベンと一緒に転移の時間を待つカーナを、優しい眼差しでラゼは見つめた。

事故があったあの日、カーナとルベンが抱き合っていたという噂は瞬く間に広がり、陰鬱な空気を払い去っていった。

（時期はズレたけど、カーナ様の破滅イベントが終わった。同時に、殿下とカーナ様が結ばれて、対象は違うけれどシナリオ通りのハッピーエンド。これまでのことを考えても、もう、これ以上危ない乙女ゲームのイベントは存在しない）

ここがひとつの大きな節目だった。

無事に、厄介な乙女ゲーム『ブルー・オーキッド』のイベントを変えて、カーナの幸せいっぱいな表情を拝むことができた。

これ以上、望むことはない。

イレギュラーだらけの学園生活だったが、自分がこなすべき学生たちの見守り役というのは、全うすることができただろう。

「そろそろ時間みたい」

フォリアが、ステージにいる教師たちがこちらを向いたのに気がつく。どうやら準備が整ったようだ。

「じゃあ、また今度だね」

優しい新緑の瞳には、学生姿の自分が映っている。

転移装置が起動して、ホール全体が光に包まれていく。お別れの時間だ。

「元気でね！」

ラゼはくしゃりと笑って、この学園で初めてできた友人に別れを告げた。

5 最終報告

「──以上が、セントリオール皇立魔法学園にて起こった襲撃事件の詳細であります」

シアン皇国軍参謀本部にある宰相ウェルラインの執務室で報告を終えたのは、狼牙（ろうが）の副官クロスだった。

ラゼが学園にいる間、あの学園で何が起こったのか報告を任された彼は、書類に視線を落としたままのウェルラインの言葉を待つ。

セントリオールには、皇国の未来を担う若き才能が在籍する。ウェルラインの令息もそのうちのひとりだ。

そして、その中には、皇子ルベンもいるわけで、今回の事件は重大なものだった。

（……戦になるのか……）

先日、差し入れのフルーツバスケットを持って病院まで見舞いに来てくれた宰相の姿はそこにない。

張り詰めた空気の中、彫刻のように整った顔を少しもにこりとさせないウェルラインを見て、クロスは今後の展開を予想していた。

一国の皇子が通う学園が、この大陸にはいないはずのバケモノによって意図的に襲われた。

これまで防衛戦に徹していたシアン皇国だったが、その相手がマジェンダ帝国だと分かっていながら、黙っている必要はもうないだろう。

何より、彼らもひとりの親だ。子どもの命を狙われて、敵の悪事を見過ごすほど甘くはない。

「……報告、ご苦労」

少しの沈黙の後、ウェルラインはやっと口を開いた。

クロスは「ハッ」と返事をし、次の指令を待つ。

学園祭に参加し、生徒や保護者たちの避難誘導を行っていたこともあり、それからしばらくクロスはウェルラインと質疑応答を繰り返す。

当時の現場はどんな様子だったか。何故、オルサーニャが魔物化したと思うか。敵の目的は、どこにあると思うか。

一介の軍人に尋ねるには重い質問が多かったが、クロスは自分の推測は抑えて事実から導かれる可能性について答えた。

「なるほど。よくわかった」

完全に仕事モードのウェルラインは表情を動かさないので少し怖いくらいだったが、何とか報告を無事に終えることができたようだ。

そろそろ退室かと、クロスは次の行動に素早く動けるように心の準備だけしておく。

「……さて。ここからは、宰相としてではなく、個人的に聞きたい」

しかし、そこで告げられたのは予想していなかった言葉で。

クロスはほんのわずかに目を開き、ハイと返事をした。

「……この報告書によれば、オーファンくんは友人の前で魔物化したオルサーニャ中佐を殺そうとしたということになる。間違っていないか？」

「……ハイ」

ウェルラインの声音が変わった。クロスは、ラゼのことについて彼が気にかけているのを何となく気が付いていたから、静かに首肯する。

「……そうか」

クロスの返事を聞いて、ウェルラインは初めてその表情を崩した。

悩まし気に、少しの後悔と悲哀が滲む、そんな顔だ。

ラゼを学園に入学させたのは、こんなことをさせたかったからではなかった。

将来を担う若者のひとりとして、同年代の少年少女のことを知ってもらいたかった。

友人を作り、恋人を作り。この国に守りたいと思える大切なものが増えればと。

彼女が楽しんでくれれば、ひいてはそれが皇国のためにもなったのだ。

だから、護衛任務なんていうのは、優秀すぎる大きな力を持った軍人の彼女を納得させるためだけの理由付けで、純粋に学生としてスクールライフを送っていてさえくれれば、それでよかった。

この任務を自分に任せてくれてありがとうございます、と。

いつかの報告会でそう言った彼女が、学園生活を大事に過ごし、得難い友人を大切に思っていたことを知っているのに。

ウェルラインは、これから彼女に告げなければならない指令を思い、拳を握る。

「…………」

クロスは机の上で握られた彼の手を、じっと見ていた。

(代表は、軍人としての自分を忘れてなんかいなかった――)

彼女がオルサーニャを失神させた時、クロスもあの場にいた。

軍人として、騎士では全く相手にならない魔物を倒さねばと、飛び出そうとして。次の瞬間には、移動魔法で駆け付けたラゼによって魔物は蹴飛ばされていた。

その姿は、人を襲うバケモノを颯爽と倒す、いつも側で見てきた凛々しい彼女のものだった。

祭りに染まって可愛らしいメイド服を着て、髪も前髪だけ三つ編みにした自分の知らないラゼに、軍服をまとい、軍帽を被った軍人としての彼女の姿が重なって見えた――。

バトルフェスタで、学園祭でクロスが見ていたのは、軍人としてではないラゼの可能性。

普通の女子生徒として、歳の近い友人に囲まれて、彼らと笑って過ごすほうが、彼女にとって幸せなのではないか。そんな当たり前のことを、クロスはセントリオールにいるラゼを見て改めて気づかされていた。

本来なら、まだ成人にも満たない子どもが「中佐」なんて階級にはつけない。異常な環境の中、血を浴びながら、各地を軽々飛び回り、人一倍多くの経験を積んできた生粋の軍人少女。

彼女が淡々と任務をこなすから、成人した男の自分が音を上げるわけにはいかないと、ラゼの隣を付いてきた。ラゼはまだ若いから、このままずっと軍人でいてくれて、自分も何だかんだ彼女に付いて行くのだろうと、当然のようにそう思っていた。

それが、学園で楽しそうにしている彼女に、軍人にならなければ、ラゼはこうして他の生徒たちと同じように戦場を知らない人生を送れたのかもしれないと、見せつけられた気がした。

もしかすると、ラゼは軍人を辞めるかもしれない。

彼女がその選択をした時は、引き留めることはせずに受け入れようと。学生のラゼ・グラノーリを見て、クロスは心の中で決めていた。

しかし、ラゼは、ラゼ・シエス・オーファンは。

たとえ、初めてできた同じ歳の友人たちを前にしても、親友と呼べるほど大切に思っているフォリアにしがみついて止められても、ナイフをオルサーニャに向けた。

それが、どれだけの覚悟がいることか、クロスには計り知れない。

彼は黙り込んだウェルラインに言った。

「彼女の覚悟は、ずっと前に決まっていたのだと思います」

守りたいもののためなら躊躇しない。

そんな覚悟を、きっと自分たち大人が考えるよりも前に決めていたのだろう。そうでなければ、慕っているフォリアを、あんなに冷たく突き放すことなんてできない。

今回の事件を受けて、セントリオール皇立魔法学園は一時休校となった。

彼女は軍に戻って来るだろう。

紺色のワンピースの学生服を脱いで、クロスや彼女の友人たちにもらった髪留めもしまって。

これから、シアン皇国は先の事件を休戦終了と見なし、マジェンダ帝国と交戦することになる。

――シアン皇国軍魔物討伐部隊、第五三七特攻大隊所属中佐。「狼牙」ラゼ・シェス・オーファン。

約二年に及ぶ、一生徒として学生たちの学園生活を見守るという彼女の特別任務は、こうして終わりを迎えた。

書き下ろし番外編

とある少年の初恋

ルカ・フェン・ストレインジのフォリア・クレシアスに対する第一印象は、単刀直入に言うと「鈍臭い」だった。

初めて彼女を見知ったのは、入学式の終わった後。

新品の制服に袖を通した新入生がクラスごとに案内がされて会場から移動する際に、その女子生徒は隣の列から通路に出ようとしたところでコケていた。

幸い受け止めてくれる人がいたらしく床に膝を突くことにはならずに済んだようだが、あと少しタイミングがズレていれば、彼女はルベンに倒れ込むところだったのを、彼はよく覚えている。

柔らかなミルクティーブロンドの髪を揺らし、鈴を転がすような声をしていたフォリア。

人のよさそうな雰囲気をまとっていたが、まさかわざとルベンに当たるためコケたのではないかという可能性をルカはまず初めに疑った。

最初の指示で席を立ったということは、同じA組。

社交界では見たことのない女子だったのと、振る舞いが萎縮しすぎていたのを見て、ほぼほぼ庶民生で間違いないだろうと結論した。

そして、その読み通り、フォリアは治癒魔法を得意とする庶民の学生だった。

治癒魔法の使い手は希少価値が高い。加えて、この貴族だらけの学園セントリオールに入学できるだけの教養がある庶民とくれば、将来的に需要が伸びるタイプの人間だ。

まあ、まさか他にも庶民で特待生を取れるだけの人材がいるとは思っていなかったが、ルカの評価的にはフォリアの方に注目していた。

そんな彼女とちゃんと話したのは、魔法力学の実験で同じ班になった時だ。

「……うーん。やっぱり風魔法じゃないとダメなのかな……」

課題は、丸太のような重りを手で触れることなく、より早く指定の位置に運ぶというもの。

同じ班になったフォリアの呟きを隣で拾いつつ、ルカは考えた。

重りは人ひとり分ほどの重さがあって、あれを触れずに運ぶとなると、もちろん、魔法を使わなければならない。

さっそく違う班では、風魔法が得意型のアディスが青い髪を揺らして、重りを運んでいる。

彼を真似るのもいいだろうが、得意型の魔法には劣るのが目に見えていた。

最初から負けが分かっている方法で勝負などしない。

（……僕の土魔法で移動させるのがベストかな）

班員は五人グループだったが、その中で一番有効そうな得意型なのは自分だ。

特に隣で頭を捻らせているフォリアの治癒魔法なんて、ここでは正直言って役に立たないだろう。

ルカはそう考えたあと「僕が試す」と一言告げて、土魔法で地面を波打たせる。

「す、すごい！」

重りの置かれた部分の土が盛り上がり、大玉送りのように前に進むのを見て、フォリアが目を輝かせた。

土魔法は風や火、水を操るのと違って、土のコンディションもコントロールした上で術を使わなければいけないという手間がある、操作の難易度が高い魔法だ。

「これだと速さが足りない……。土で手を造形して掴んだ方がいいかも」

ただこの時、ルカはこの程度で喜びを露わにするフォリアに、見向きもしなかった。

庶民と関わるのは疲れる。

彼らとは価値観が違うことを、ルカは財務大臣を務める父親の仕事を見ながら常々感じていた。

自分たちの生活を第一優先に考えることを許される者たちは、思ったことをそのまま口に出して政治に野次を飛ばす。そして特に、財政のこととなると煩い。

嫌なところは目につくものだ。

幼い時から、金が金がと聞こえて来る環境にいれば嫌気もさす。

中には自分と気の合う者がいることも分かっていたが、自分の身分と立場からして、関わってくる庶民が取り入ろうとしてくることのほうが多かったせいで、ルカはすっかり庶民と交流することをそもそも避けるようになっていた。

彼は、きっとこれからも貴族社会にいる。身分の違う者とわざわざ関わらなくても、社交辞令さえ守れれば深く交わる必要など別にないと思っていた。

それが、自分の精神を守るためにも、一番簡単な選択だとも悟っていた。

(この課題、僕ひとりの魔法で終わらせた方が楽だな。適当に周りの意見を聞いて、それを反映させたってことにすればいいや)

運搬自体に問題はないが、早くしようとすると重りがブレるし、止めるのが難しそうだ。

盛り上がった土の上から、最後にゴロンと転がり落ちた重りを見て分析し、班員の意見を聞きながら改善。

結果も必要だが、そこに至るまで全員の同意がなければ後々崩れていくというのは、金という人の欲望に一番近いものを扱うことに長けた父親に散々言われてきたことだった。

「――じゃあ、僕が土魔法で掴んで運ぶから。もし不測の事態が起こった時は、君たちがフォローして」

話はまとまっただろう。

ルカはちらりと他の班を見て、妨害される可能性を踏まえて、そう指示をした。

「あ、あの……」

しかし、そこでずっと黙り込んでいたフォリアが口を開く。

得意型以外の魔法、特に攻撃系が苦手らしい彼女なので、意見が出せないのだと見ていた。

せっかく話がまとまったというタイミングで、言いづらそうに言葉を発するから、ルカはあまりいい予感はしなかった。

「なに？」

下手に懐かれるのだけは嫌で、彼女にはつい返事が簡素になる。

フォリアはびくりと肩を揺らしたが、それでも意志を感じる眼差しで。

「今更こんなことを言うのは、どうかと思うのですが……。わたしは、この課題の定義を決めたほうがいいと思います」

「……定義？」

何を言い出したかと思えば、内容も意味不明。

怪訝（けげん）な顔でフォリアを見ると、彼女は説明を続ける。

「先生は、この重りを指定した場所に早く運べとおっしゃいました。でも、普通、魔法力学の授業で解く問題は、もっと詳しく条件付けがされているものです」

真面目に語り出したフォリアの話に、班員は皆注目していた。

確かに、教科書に書かれた問題は全て問題が詳しく記されている。

担当の教官も几帳面な人で、ミスリードが起こらないように練習問題を作る人だった。

それが、今出された課題は、あまりにも抽象的すぎる。

「たとえば、この重り。何かを模しているとしたら？」

そこまで言われて、ハッとした。

丸太のような形をしている重りは、元は実技の訓練にも使用される「人」の的だ。

そして、重さもちょうど成人男性ほどある。

フォリアが言いたいことに気がついて、ルカは彼女をその授業で初めて正面から見つめ直した。

治癒魔法が使えるという事以外で、彼女を評価できる点はないと思い込んでいたのかもしれない。

「もし、これが緊急時に意識を失った人を救出することを想定したものであれば、運び方も変えた方がいいと思うんです」

全く自分では考え付かない着眼点に、ルカは唖然として目を見開く。

「……クレシアスさん。それは、深読みし過ぎなんじゃゃ？」


班員のひとりは、フォリアの言うことは理解できるが、そこまで考える必要はないのではないかと口にする。

ルカも、教官に言われた通りこなせば無難だろうとは分かっていた。

「え、えっと。はい。わたしも考えすぎかなとは思ったんですが、言わないのもなぁと思ってしまって……」

フォリアは、ひとつの意見なので気にしないでくださいと、そこで引き下がる。

苦笑する彼女を見て、ルカは改めて考え直す。

フォリアの言うことも一理あると思ってしまったから、彼は悩んだ。

この選択が蛇足になるか、否か。

それは教官に確認しなければわからない。

「……聞いてみよう」

「え？」

そして出した答えは、彼女の意見を無視せずに確かめてみるという選択だった。

「バンジェンス先生。自分たちの考察から条件付けをすることは、課題の意図から逸脱してしまうのでしょうか」

普段はE組の担当教員であるバンジェンスを呼んで尋ねてみれば、彼は口角を上げた。

「いいところに気が付きましたね。これはあくまで魔法力学の実験です。そういった問題へのアプローチは、レポートを書く上でも必要になるのではないでしょうか」

――反応は、好感触だった。

丁寧なバンジェンスの回答に、フォリアがぱあっと表情を明るくして、こちらを見つめて来るのがわかる。

その新緑に煌(きら)めく目と視線を交えた時、ルカの中で彼女に対する意識が変わった。

あくまで深くは関わりたくないが、この庶民生が自分にはないものを持っているのは確か。

振り返ってみれば、この時からなのだろう。

フォリア・クレシアスがどんな人物なのか気になって、無意識に目で追ってしまうようになったのは……。

「それでですね！　昨日の夜、ラゼちゃんが！」

彼女に一目置くようになってから、実技の自主練にも付き合うような仲になった頃。

特訓に夢中になったせいで時間も遅くなったから、このまま夕食も一緒に取ろうということになって。

ふたりきりでテーブルを囲み、目の前に座ったフォリアは爛漫な笑顔を咲かせながら話を続ける。

「……本当に仲がいいよね。あの特待生と」

彼女と一緒にいて、その名を聞かなかった日はないのではなかろうか。

同じ身分でルームメイトだからなのか、フォリアを見かければかなりの確率で編み込みの特待生が隣にいる。

ほぼ毎回「ラゼちゃんが！」と嬉しそうに喋るのを聞かされるルカからすると、少し面白くない。

こんな風にフォリアが楽しそうなのは、彼女がいてくれるからだと薄々分かっていたからなのだろう。

「へへ。そんな風に見えますか？」

フォリアは照れながら綻ぶ。

「この学校に入って、初めてできた友人がラゼちゃんなんです」

貴族の人ばかりの環境で不安な中、一番にできた友の隣がフォリアにとって安らげる居場所だった。

「ラゼちゃんは最初からかっこよくて、入学式が終わった後の退場でわたしがコケたのを受け止めてくれたんですよ」

懐かしそうに目を細めるフォリアに、ルカはあっと声を上げる。

「そ、そっか。あの時の……」

フォリアのことに注目していて、受け止めた側のことは印象に残っていなかったのだが、あれがラゼ・グラノーリだったのだ。

今になって、あの時彼女を受け止めてたのが自分だったら……なんて考えてしまうのは、もう手遅れなのだと思う。

「わたしが困ってると、いつもさりげなく助けてくれるんです」

フォリアはそう言うと、持っていたフォークを握りしめて。

「……でも、わたしもいつかラゼちゃんが困ってる時に助けてあげられる友人でいたいから、今は特訓、頑張ります！」

「…………」

こういうところなんだよな、と。

ルカはグッと胸を掴まれた気分だった。

一方的ではなくて、ちゃんと互いに助け合おうとする、この彼女の考え方が好きだ。

友人想いで、決して態度がいいとは言えない自分にも優しく接してくれて、打算がない。

まとう柔らかい雰囲気から、おっとりしているように見えるが、ちゃんと自分の意志も持っている。

もっと一緒にいたいと思わせてくれる人だ。

でも、たぶん――。この気持ちが彼女に届く事はないのだろう。

ラゼ・グラノーリの次に名前が出て来る男に、フォリアが毎週手紙を出していることを、ルカはもう知っている。その男の話をする時は、編み込み特待生に対するものとは違う表情をすることも。

「……自主練ならいつでも付き合うけど。あまりこん詰めすぎないようにね」

「はい。ありがとうございます！」

フォリアがこうして自分とふたりきりで食事をしても、男として意識せず、ただの友人として接してくれていることが理解できてしまうのが悔しかった。

そして、フォリアにここまで言わせるラゼ・グラノーリが、正直なところ羨ましい限りだ。

自主練に付き合うようになってから、あの特待生に何とも言えない目で見られていることがたまにあるが、今くらいフォリアを貸して欲しい。

一番大切にしたい友人に頼りっぱなしにならず、対等になれるようにとフォリアがルカを頼ってきたことを、きっと彼女は知らないのだ。

（本当に。贅沢なやつ……）

理由もなくフォリアの隣にいられるその人に、ルカはそう内心愚痴をこぼした。

──だから。

「やっぱり、僕は君が嫌いだ」

色んな意味で対抗心があった特待生に、二回目のバトルフェスタで負けた時。

口から出たのは、そんな言葉だったのだ。

あとがき

お会いできて光栄です。作者の冬瀬です。

シリーズを見守ってくださった読者さまのおかげで『軍人少女』は、三巻の壁を越えて四巻を発売することができました。本当に幸運な限りで、関係者の皆さまに心より御礼申し上げます。いつも応援してくださり、ありがとうございます！

四巻は、とにかく重要な場面がてんこ盛りの一作になりました。

もう、書いていて「全部が見せ場なのでは？」みたいなことになるくらいには、作者にとって気合いが入るシーンが続きました。女主人公のラゼはもちろん、ヒロインのフォリアや乙女ゲームの悪役令嬢に転生してしまったカーナの人生で、一生記憶に残るのではないかという大切な時間でした。

ここで少し補足をさせていただくと、冬瀬はこの作品を書くにあたり、個人的な解釈で「ラゼ：女主人公」「フォリア：ヒロイン」「カーナ：主役」という認識を持っております。全て意味は同じようなものですが、何となく自分の中では線引きがあり、あくまで『軍人少女』はラゼがメインであることを重視するのが軸になっていました。「いや、普通にラゼが主人公でいいじゃん」と思われる方もいるかと思いますが、こう名前を付けておくことで、私はラゼ以外の女子ふたりを大切にできました。

これはここで初めて言うことなのですが『軍人少女』を書くにあたり、乙女ゲームの世界にラゼを投入しても、ゲームのヒロインも、悪役令嬢に転生してしまった系の主役も、「悪役」にはしないというのが拘りでした。理想的な主役級のヒロインに、自分の未来を変えようとひたむきに努力する尊敬されるような主役。流行するテンプレートはカウンターな作品で流転すると思っているのですが、『軍人少女』は乙女ゲームテンプレを使用するなら、既存のあるあるキャラクターを悪役に回したくないという意志がありました。

加えて「学校に通うなら、彼氏よりもまず先に女友達と仲良く過ごしたいんだが？」という私の思考が、そのまま表れた結果が最終的に、アディスの不幸につながっています。

……そうです。この作者が軍人として生きてきたラゼに最高の友人と学園生活を送って欲しいと願ってしまったために、アディス氏は彼女と距離を詰められないのです。

そろそろ彼の応援をしたくなるくらいには、アディスの頑張りにスポットを当てて描くことができたのではないかな……なんて、思っています（苦笑）

彼らの関係が気になって仕方ないという方は、是非ウェブ版もご参考にしていただければと……。

そして今回、何と言っても嬉しかったのは、ラゼの部下たちがイラストになったことでした。

担当編集氏にも言われたことがあるんですが、私は軍人側のメンバーがすごく好きです。

きっとそのせいで「キャラクターが多すぎ。誰？」のように感じられる読者さまも中にはいらっしゃるのかと。……それでもこうして四巻でカラーイラストになって登場し、バトルフェスタと学園祭を盛り上げてくれたことに、作者は感無量です。特にハルルのキャラデザが送られてきた日には、叫びました。読者さまの中に、彼らの姿を待っていた!! という方がいらっしゃいましたら、是非固く握手を結ばせていただきたいです。

担当編集氏もイラストで私のモチベーションが爆上がりすることをご存知で、改稿の終盤にご褒美イラストを投下してくださるので、思惑通り喜々としてラストスパートをかけることができました。そして、私はもうタムラ大先生に足を向けて眠れません。

書籍化未経験の一巻から始まって、ついにこの四巻で大きな山場を書く機会をいただけたことは、有難いとしか言いようがありません。そして何より、文字という情報でしかなかった『軍人少女』の見せ場がイラストで表現していただけることが、嬉しくて堪りませんでした。

四巻は特に大きな見せ場をタムラ先生が最高に仕上げてくださり、作者は大興奮です。

この作品を温かく見守って、書籍化まで導いてくださった皆さまには、感謝の気持ちでいっぱいです。最高の景色を見させていただき、ありがとうございました。自分だけの世界だった『軍人少女』という話が、ここまで色鮮やかに広がってくれたこと、感謝致します。

このあとがきを書くのも、もう四回目になりました。空想家を自称している作者ではありますが、四巻まで小説を書いたこの経験は確実に物書きとして糧になっていることでしょう。

私はもともと小説やマンガを読むのが好きな人間で、創作はあまりしていませんでした。毎週少年漫画を買う環境にいたため、それなりに物語には触れ合ってはいましたが、二次創作をしたことが一度もありません。というのも、自分が考えるという時点で、そのキャラクターは原作とは別人だと感じてしまうタイプだからです。（他の方が作られた二次創作は喜んで受け入れられるんですが……）

なので、キャラクターが固定なのではなく、物語の枠組みが固定されるテンプレート作品との出会いは衝撃でした。間違いなく、私はウェブ小説というものを通じて、ここまで成長することができました。


改めて、読者の皆さま、四巻までずっとイラストを担当してくださったタムラ先生、いつもお世話になっている担当編集氏、そして本作に関わってくださった関係者の皆さま。

『軍人少女、皇立魔法学園に潜入することになりました。～乙女ゲーム？　そんなの聞いてませんけど？～』を支えてくださり、誠にありがとうございました。

また、お会いできることを願っております。

それでは——天の導きがあらんことを！

冬瀬

軍人少女、皇立魔法学園に潜入することになりました。4 ～乙女ゲーム？ そんなの聞いてませんけど？～

初出◆「軍人少女、皇立魔法学園に潜入することになりました。
～乙女ゲーム？ そんなの聞いてませんけど？～」
小説投稿サイト「小説家になろう」で掲載

2023年6月5日 初版発行

著者◆冬瀬

イラスト◆タムラヨウ

発行者◆野内雅宏

発行所◆株式会社一迅社
〒160-0022 東京都新宿区新宿3-1-13 京王新宿追分ビル5F
電話 03-5312-7432(編集) 電話 03-5312-6150(販売)
発売元：株式会社講談社(講談社・一迅社)

印刷・製本◆大日本印刷株式会社

DTP◆株式会社三協美術

装丁◆小沼早苗[Gibbon]

ISBN 978-4-7580-9558-7

おたよりの宛先

〒160-0022 東京都新宿区新宿3-1-13 京王新宿追分ビル5F
株式会社一迅社 ノベル編集部
冬瀬先生・タムラヨウ先生